D1724001

Der Autor

Klaus Krämer wurde 1964 in Gosheim (Schwäbische Alb) geboren. Nach seiner Ausbildung zum technischen Zeichner und Zivildienst wurde er Bühnenbeleuchter an der Württembergischen Landesbühne Esslingen. Anschließend arbeitete er als Regieassistent an den Städtischen Bühnen Freiburg und studierte dann an der Deutschen Film- und Fernsehakademie.

Nach einem Dutzend Kurzfilmen ist ›Drei Chinesen mit dem Kontrabass‹ seine erste Kinofilmproduktion, bei der er Regie führte und mit Kaspar von Erffa das Drehbuch schrieb. Von beiden stammt auch die vorliegende Romanfassung.

DREI CHINESEN
MIT DEM KONTRABASS

Der Roman zum Film
von KLAUS KRÄMER und
KASPAR V. ERFFA

mit Storyboard-Zeichnungen von
PETRA ORTGIES

WILHELM HEYNE VERLAG
MÜNCHEN

HEYNE ALLGEMEINE REIHE
Band-Nr. 01/20053

Redaktion: Rainer-Michael Rahn

Originalausgabe 2/2000
Copyright © 2000
by Wilhelm Heyne Verlag GmbH & Co. KG, München
Printed in Germany 2000
Umschlagillustration: Copyright © 2000 by **ndF:**
Innenillustration: Petra Ortgies
Umschlaggestaltung: Nele Schütz Design, München
Satz: Schaber Satz- und Datentechnik, Wels
Druck und Bindung: Ebner Ulm

ISBN: 3-453-17079-2

http://www.heyne.de

BESETZUNG

PAUL	Boris Aljinovic
MAX	Jürgen Tarrach
RIKE	Claudia Michelsen
CORDULA	Carola Regnier
HERIBERT	Ilja Richter
RÜDIGER	Edgar Selge
HAUSMEISTER	Bernd Stegemann
INGO	Rainer Sellien
GABI	Anna Maria Ondra
JUTTA	Sabine Kaack
GIANNA	Stephanie Klaus
BÄRBEL	Veronika Nickl
ERIKA DORELLI	Ingrid von Bothmer
JOSHUA	Severin von Erffa
BEDIENUNG	Susanne Hoss
DÖNERVERKÄUFER	Yilmaz Atmaca
BEREITSCHAFTSPOLIZISTEN	Thomas Schmidt
	Dietmar Nieder
UND	Menga Huonder-Jenny
	Ed Herzog
	Hanno Lenz
	Brigit Maag
	Humphy

Im Grunde bin ich ja Chinese.

F. KAFKA

Berlin Mitte an einem Freitagnachmittag. Es ist Ende November, den ganzen Tag schon riecht es nach Schnee. Seit an den Hackeschen Höfen mal wieder die Straßenbahngleise neu verlegt werden, donnert doppelt soviel Verkehr durch die Münzstraße.

Paul steht am Fenster und starrt auf die sich langsam an der Baustelle vorbeizwängenden Autos. Er ist vor kurzem 30 Jahre alt geworden, endlich mit seinem Architekturstudium fertig und auf der Jagd nach den ersten beruflichen Herausforderungen. Solange er sich noch kein eigenes Büro leisten kann, arbeitet er zusammen mit Kollegin Rike in seiner geräumigen, selbstausgebauten Wohnung.

Rike ist drei Jahre jünger als Paul. Da sie aber ihrem Studium wesentlich zielstrebiger nachgegangen ist als Paul, hat sie zeitgleich mit ihm

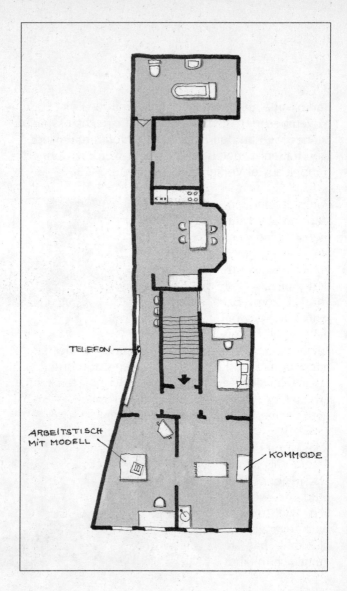

TELEFON

ARBEITSTISCH
MIT MODELL

KOMMODE

abgeschlossen. Die beiden haben sich während des Studiums kennen und schätzen gelernt. Nach dem Diplom haben sie beschlossen, den beruflichen Einstieg gemeinsam zu versuchen. Sie haben eigentlich schon alles zusammen gemacht. Na ja – fast alles.

Im Schlafzimmer nebenan sitzt Gabi, Pauls Freundin, vor ihrem Computer und versucht sich auf das Verfassen eines Artikels über junge Modeschöpfer zu konzentrieren. Sie hat kurze rotblonde Haare, ist 25 Jahre alt und sieht eigentlich richtig gut aus. Wären da nicht ihre Mundwinkel, die immer ein wenig nach unten deuten, als könne man es ihr nie recht machen.

Rike sitzt an einem großen Tisch und befestigt mit einer Klebepistole kleine Plastikbäume an dem Rand eines liebevoll gestalteten Architekturmodells. Eine sehr durchschnittliche Fabrikhalle soll um einen überdachten Eingangsbereich erweitert werden.

Das Telefon klingelt. Paul und Rike sehen sich voller Erwartung an. Betont ruhig geht Paul zum Modell zurück, nimmt sich das schnurlose Telefon und hebt ab.

»Halbmayer?... O ja, danke...«

Er nickt Rike zu. Endlich: der lang ersehnte Anruf!

»Guten Tag, Herr von Hengen! Hatten Sie Zeit, sich den Entwurf anzusehen?... Und, was sagen Sie dazu?«

Paul kniet sich vor das Modell und betrachtet das gewagt geschwungene, eigenwillige Vordach, das er mit Rike zusammen entworfen hat.

»Nein, nein, wir haben das Vordach statisch genau berechnet, da kann gar nichts passieren...«

Er steht auf und läuft umher, um sich seine Angespanntheit nicht anmerken zu lassen. Rike legt die Klebepistole weg und hört ihm konzentriert zu.

Was wird Herr von Hengen zu ihrem Entwurf sagen? Ist er zufrieden? Zugegeben, der Auftrag ist nicht weltbewegend, aber es wäre immerhin ein Anfang! Und der Einstieg ist bekanntlich das Schwerste. Nervös schaut Rike zu Paul, aber der macht nur eine beruhigende Geste: Sie soll sich keine Sorgen machen.

»Donnerstag? – Kein Problem!«

Rike schaut ihn entsetzt an, aber Paul nickt ganz entspannt zurück.

»Tja, schön, ich freu' mich! Also, bis dann, Herr von Hengen. Wiederhören. Schönes Wochenende!«

Paul legt auf.

Rike schüttelt ungläubig den Kopf. »Nein!«

Paul wirft das Telefon mit Schwung auf einen Stapel Zeichnungen. »Doch!«

Er fängt an zu tanzen und zu singen: »Jabadabadaaaaaah!!!«

Überschwenglich zieht er Rike auf ihrem Drehstuhl

vom Arbeitstisch weg und wirbelt sie dabei mehrmals um die eigene Achse. Jetzt jubelt auch Rike ausgelassen mit. Paul schiebt Rike auf ihrem Stuhl ins angrenzende Wohnzimmer zu seinem alten Keyboard und spielt einen langen, lauten Tusch. Die beiden sind bester Stimmung. Auch Rike haut mit in die

Tasten und improvisiert eine rhythmische Begleitung zu Pauls Melodie.
Gabi erscheint hinter den beiden im Türrahmen. Unvermittelt schnauzt sie die zwei Freizeitpianisten wütend an.

»Nicht jetzt, Paul!«
Der aber läßt sich durch ihren Auftritt nicht weiter aus der Fassung bringen, er spielt im Gegenteil noch lauter weiter.

»Wir haben den Auftrag!« singt er fröhlich.

»Schön, aber mein Artikel ist noch nicht fertig.«

Jetzt erst dreht sich Paul zu ihr um. »Na, dann beeil dich mal, wir müssen gleich los.«

Gabi verschränkt beleidigt die Arme über ihrer Brust.

»Ich komm nicht mit.«

Paul hört verwundert auf zu spielen.

»Was?!«

Rike steht auf und verzieht sich schnell wieder im Arbeitszimmer. Lieber macht sie mit ihren Plastikbäumchen weiter, als den ewigen Streitereien der beiden zuhören zu müssen. Paul geht völlig konsterniert ein paar Schritte auf Gabi zu.

»Warum denn nicht?«

»Ich muß den Artikel noch fertigmachen!« Sie läßt keinen Zweifel daran, dies sei ihr unumstößlicher Entschluß.

»Aber wir hatten doch abgemacht, daß du mitkommst!«

»*Du* hast das abgemacht, *ich* nicht!«

Paul wird langsam wütend, aber er beherrscht sich. Seit Gabi das Volontariat bei der Zeitung angefangen hat, haben die beiden kaum noch etwas miteinander unternommen. Das rächt sich nun offenbar.

»Weißt du, das macht ein Paar aus, daß es manchmal was zusammen unternimmt.«

Gabi bleibt hart. »Ich komm' jedenfalls nicht mit! Ist das klar?«

Darauf geht sie zurück in ihr Zimmer und knallt die Tür hinter sich zu. Paul muß erst einmal tief durchatmen.

Traurig und angesäuert geht er zurück ins Arbeitszimmer. Er kniet sich neben Rike, seine großen Augen suchen bei ihr Trost. Aber Rike ist hierfür gerade nicht die geeignete Spenderin. Im Gegenteil.

»Das geht mir langsam echt auf die Nerven!«

Paul versteht das als direkte Aufforderung und steht wieder auf. »O.k.! Ich mach' Schluß! Ende – aus – vorbei!« Schon ist er auf dem Weg ins Schlafzimmer zu Gabi.

Rike spurtet ihm nach und erwischt ihn gerade noch am Ärmel. »Nein, Paul, nicht jetzt! Wenn du jetzt Schluß machst, schaffen wir die Abgabe nie bis Donnerstag. Ich kenn' dich doch!«

Paul bleibt stehen und überlegt. Rike hat Recht. Sie kennt ihn gut genug. Als seine letzte Beziehung in die Brüche ging, war er mindestens eine Woche lang zu gar nichts zu gebrauchen. Er sollte mit der Trennung tatsächlich lieber bis nach dem Abgabetermin warten. Ein paar Tage muß er wohl noch mit Gabi klarkommen. Aber dann! Während er noch so vor sich hin grübelt, lehnt sich Rike zu ihm, lächelt ihn fröhlich an und meint:

»Hey, freu dich doch, wir haben den Auftrag!«

■ ■ ■

Die automatische Tür zu einem OP öffnet sich. Aus dem Inneren des Operationssaales hört man die piepsenden Geräusche der verschiedenen lebenserhaltenden medizinischen Geräte.

Schnellen Schrittes kommen fünf Chirurgen aus dem OP und biegen in einen septisch glänzenden Krankenhausflur.

Ihre grüne Kleidung ist über und über mit Blut bespritzt, ihre Gesichter und der Mundschutz sind ebenso rot gesprenkelt.

Allen voran geht Max, 33 Jahre alt, dunkles, kurzes Haar, etwas übergewichtig. Er trägt ein elegantes Clark-Gable-Bärtchen, das sich bis zu den ausgeprägten Lachfalten hinzieht. Seit etwas über einem Jahr ist Max Assistenzarzt im Urban-Krankenhaus in Kreuzberg, Abteilung Unfallchirurgie. Er zieht sich seinen Mund- und Haarschutz herunter und atmet befriedigt durch, sichtlich froh, endlich seinen Dienst hinter sich zu haben.

Neben ihm geht sein jüngerer Kollege Ingo, Arzt im Praktikum. Auch er zieht sich den Mundschutz herunter und dahinter erscheint ein käsebleiches Gesicht. Ingo kann einen Würgereiz kaum unterdrücken. Max bemerkt das und legt ihm aufmunternd seine Hand auf die Schulter.

»Keine Angst, mit der Zeit gewöhnt man sich dran.« Ingo nickt, aber das Entsetzen weicht nicht aus seinem Gesicht.

»Was machst 'n heute Abend noch?« fragt Max, um ihn etwas abzulenken. Aber Ingo zuckt nur kurz mit den Schulter. Max läßt nicht locker.

»Komm doch mit, ich weiß 'ne gute Party.« Dann zieht er sich die blutigen OP-Handschuhe von den Händen.

■ ■ ■

In der Einfahrt vor Pauls Wohnhaus – einem ziemlich heruntergekommenen Gründerzeitgebäude mit abbröckelndem Putz – bleibt ein neuer, blauer Kleinwagen stehen. Wie überall im Berliner Osten versteckt sich auch Pauls Hausfassade hinter einem Baugerüst.

Rike und Paul gehen durch die mit Bögen und Säulen verzierte, verwahrloste Durchfahrt zum Auto. Paul schaut immer noch nicht wesentlich besser gelaunt aus. Vielleicht weil die Flasche Champagner, die er in Händen hält, noch nicht geöffnet wurde.

Als sie den Wagen erreichen, geht die Beifahrertür auf, und Max beugt sich heraus. Er hat sich richtig schick gemacht: Er hat ein Jackett an, und der Kragen seines strahlend blauen Hemdes wirkt wie die

Fortsetzung seines strahlenden Lächelns. Bei Max'
Anblick hellen sich Pauls Gesichtszüge schlagartig
auf.

»Hi!« begrüßt er ihn fröhlich, klappt den Rücksitz
nach vorne und strahlt Max über beide Ohren an.
»Wir haben den Auftrag!«

Max sieht ihn ungläubig an, aber Rike nickt ihm
bestätigend zu. Sie gibt ihm zwei Küßchen auf die
Wangen und nimmt auf der Rückbank Platz.

»Gratuliere«, meint Max anerkennend. »Grad mal
zwanzig Semester studiert, und schon der erste Auftrag. Paßt bloß auf, sonst macht ihr noch Karriere!«

Paul setzt sich auf den Beifahrersitz und schließt hinter sich die Tür. »Klar machen wir Karriere!« gibt er
selbstbewußt zurück.

»Mit Vordächern...«, stichelt Max.

Aber schon hat Paul mit lautem Knall die Flasche
Champagner geöffnet, und das edle Getränk spritzt
auf die Polster.

»Hey, paß auf!« warnt Max, aber Paul übergeht das.
»Fahr los!«

Max verschaltet sich kräftig, das Getriebe kracht
fürchterlich. Rike und Paul zucken zusammen. Aber
Max läßt sich nichts anmerken.

»Ihr solltet mich mal U-Bahn fahren sehen...«

Und das Auto fährt los in die Nacht.

■ ■ ■

Wieder zurück in Pauls Treppenhaus: Gerade
schließt Rüdiger die Tür seiner Wohnung ab, die
genau über der von Paul liegt. Rüdiger ist Ende Vier-
zig, aber weder will noch kann er seinen studenti-
schen Habitus ablegen.

Heute allerdings hat er sich für seine Verhältnisse richtig schick gemacht: Er trägt schwarze Hose und weißes Hemd, darüber ein extravagantes, helles Torerojäckchen mit schwarzen Kordeln. Sein lichtes Haar hat sich er mit Gel nach hinten gekämmt. Wie jeden Freitag. Denn er bricht gerade zum Tangoabend im Grünen Salon auf.

Rüdiger könnte zwar jedem spielend erklären, wie und warum man richtig Tango tanzt, nur mit der Praxis hapert es leider noch ein wenig. Also geht er singend die Treppe hinunter und übt ein paar Schrittkombinationen auf den Stufen.

»Da, dada, dadada – dada, dada, dadada...«

Er unterbricht seine Übung und bleibt kurz vor Pauls Wohnung stehen, wo gerade ein ihm unbekannter Mann an der Tür geläutet hat.

Es ist Heribert, ein Mann in Rüdigers Alter, auch er sehr elegant gekleidet, allerdings merkt man deut-

lich, daß er wohl immer so herumläuft. Heriberts Stirne wird von einer hochgeschobenen, edlen Sonnenbrille geziert, als müsse er sich dringend vor dem grauen Berliner Novemberlicht schützen. Auch die Flasche Prosecco in seinem Arm entgeht Rüdiger nicht. Rüdiger nickt dem Mann mißtrauisch zu. »Hallöchen!«

Heribert würdigt den sonderbaren Hausbewohner keines Blickes.

Rüdiger ist schon weitergegangen, als Pauls Wohnungstür sich öffnet und Gabi darin erscheint. Heribert setzt schnell sein Sonntagslächeln auf und hält die Flasche hoch.

Gabi hat ein rotes Kleid mit Spaghettiträgern an, welches tiefe Einsichten erlaubt. Ihr Make-up ist sorgfältig aufgetragen. Sie lächelt Heribert an. Rüdiger bleibt kurz auf dem Treppenabsatz stehen und dreht sich zu den beiden um. Gabi nickt Rüdiger genervt zu.

Nun dreht sich auch Heribert kurz um. Für einen Augenblick scan-nen sich die beiden Männer. Dann drehen sie sich wieder um, Rüdiger geht weiter, und Heribert betritt die Wohnung.

■ ■ ■

Ingo, der Praktikant aus dem Urban-Krankenhaus, steht an einer Wand vor verschiedenfarbig leuchtenden Neonröhren. Er hat zwar inzwischen seine normale Gesichtsfarbe zurückgewonnen, aber immer noch sieht er sonderbar verinnerlicht aus. Seine

Hände dreht er zu der schnellen Drum'n'Bass-Musik in gegenläufigen Ellipsen. Er scheint in seiner eigenen Welt zu schweben. Immerhin bemerkt er Max, der mit einer hochgewachsenen, attraktiven Brünetten tanzt.

Max ist ein guter Tänzer. Schnell schafft er es, trotz des hektischen Musikstils mit der Dame eine engere Tanzhaltung einzunehmen. Nicht weit von ihm tanzen auch Rike und Paul miteinander. Paul macht dabei große, ausladende Armbewegungen, seine schlechte Laune ist nun zur Gänze verflogen. Auch Rike sieht entspannt aus, sie amüsiert sich über Pauls extrovertierten Tanzstil.

Die Gastgeber der Party haben sich große Mühe gegeben: Von der normalen Wohnungseinrichtung ist nicht mehr viel zu sehen; der Raum ist eine einzige Tanzfläche. Der DJ hinter dem Pult mit der Anlage hat viel dafür getan, auch wie ein solcher auszusehen. Er versucht gerade, mit seinem Kopfhörer möglichst cool in das nächste Stück hineinzuhören, als plötzlich die Musik abbricht und von einem stechend hohen Fiepen abgelöst wird.

Er schreckt auf und ist im ersten Moment überfordert. Die restlichen Partygäste schützen ihre Ohren, während Max und weitere technisch versierte junge Männer zum Pult eilen, um dem DJ ihre Hilfe anzubieten.

Auch Ingo geht Richtung DJ, allerdings nicht um zu helfen, sondern um Max etwas ins Ohr zu flüstern. Der nickt kurz und eilt zu seiner brünetten Tanzpartnerin, um sich bei ihr für einen kurzen Augenblick zu entschuldigen.

Endlich setzt die Musik wieder ein, und alles tanzt weiter. Paul beobachtet interessiert, wie Max und

Ingo unvermittelt um die nächste Ecke verschwinden. Er lächelt Rike an.
»Willst du noch was trinken?«
Rike schüttelt den Kopf. Als Paul die Tanzfläche verläßt und den beiden hinterhergeht, sieht sie ihm
nach.

■ ■ ■

In einem Zimmer mit unzählig vielen abgestellten
Möbeln zieht Ingo eine kleine Tupperwaredose aus
der Jackentasche
und zeigt Max
deren Inhalt: zwei
kleine, unschul-
dige Kugeln in
Kokosraspel. Max
sieht sich die Bäll-
chen verwundert
an, bis Ingo ihn
aufklärt.

»Spaceballs!«
Gierig schaut Max auf die selbstgemachten Drogen.
»Was 'n da alles drin?«
»Jede Menge Bioblabla: Guarana, Taurin, Grüner,
Schwarzer, Mushrooms – und Marzipan«, meint
Ingo und sichert ihm zu: »Schmeckt geil!«
Schon hält er ihm eine der beiden Kugeln vors
Gesicht. Vorsichtig nimmt Max den Spaceball und
begutachtet ihn.
»Und das törnt?«
»Und wie! Ich würd' nur 'n halben nehmen«, warnt
ihn Ingo.
Da geht plötzlich die Türe auf, und Paul streckt sei-
nen Kopf ins Zimmer.

»Was macht ihr denn da?«

»Och...«, erwidert Max unschuldig, »Ingo hat mir nur was zu Essen angeboten.«

Paul schließt die Tür hinter sich und geht auf die beiden zu.

»Ach so!« sagt er lächelnd. »Ich dachte schon, ihr nehmt Drogen.«

Damit schnappt er sich Max' Spaceball und ißt ihn in einem Stück auf. »Geile Party!« gratuliert er Ingo.

»Find' ich auch!« lächelt der zurück, wobei er ihn ziemlich konsterniert ansieht: Ein ganzer Spaceball für einen so kleinen Mann, das könnte kritisch werden. Paul lächelt die beiden fröhlich an und verläßt dann wieder das Zimmer.

Max sieht ihm verärgert hinterher. Das bemerkt Ingo, nimmt den zweiten Spaceball aus der Dose, beißt hinein und schiebt Max die zweite Hälfte in den Mund. Jetzt kann auch der wieder lächeln.

■■■

Gabi kniet vor der Stereoanlage und legt eine CD mit wohliger Kuschelmusik auf. Heribert schlendert durch das Wohnzimmer. Lächelnd genießt er die betörenden Aussichten, die Gabis Kleid gewährt, während sie vor der Anlage kniet. Sie bemerkt das und kichert, die Einblicke aber unterbindet sie nicht. Heribert geht nun ins Arbeitszimmer, sieht sich das Architekturmodell an und nimmt es schließlich in die Hand. Als Gabi das sieht, eilt sie erschrocken zu ihm und nimmt es ihm sofort wieder aus den Händen.

»Wenn mit dem Modell was passiert, bekomm' ich richtig Ärger!«

»'tschuldigung...«, beschwichtigt Heribert und hebt unschuldig die Hände.

■■■

Paul wühlt sich durch die Partybesucher, auf der Suche nach Rike. Er kaut immer noch auf seinem Spaceball herum. Auf der Tanzfläche ist Rike nicht mehr, also geht er in den belebten Gang und sieht sich dort nach ihr um. Schließlich entdeckt er sie vor einem Berg Mäntel, in dem sie herumwühlt, um ihre Jacke zu suchen. Allem Anschein nach will sie die Party verlassen. Daß sie schon aufbrechen will, paßt Paul gar nicht ins Konzept.

»Ich dachte, wir feiern.«

»Laß uns feiern, wenn wir wirklich fertig sind.«

Rike hat sie sich endlich zu ihrer Jacke durchgekämpft und zieht sie sich an. Gern würde Paul sie umstimmen, noch etwas zu bleiben, aber er kennt Rike gut genug, um zu wissen, daß ihm das nicht gelingen wird.

»Morgen um zehn?« fragt er.

»Um elf.« Rike weiß, wie Paul am Morgen nach guten Partys drauf ist.

»Nein, um zehn«, beharrt Paul. »Das pack ich schon!«

Rike drückt ihm einen freundschaftlichen Kuß auf den Mund und lächelt ihn an. »Ich komm um halb elf, o.k.?«

Paul nickt. Und schon ist Rike weg. Er sieht ihr kurz nach, zuckt mit den Achseln und stürzt sich wieder ins Partygetümmel.

■■■

Gabi und Heribert tanzen eng umschlungen zu der sinnlichen Musik. Eine Sängerin hat mit rauchiger Stimme begonnen, französisch zu singen:

»*C'est toujour l'amour
que me fait oublier
toutes les choses, mon amour,
qu'il faudrait bien penser...*«

Heribert lächelt Gabi wollüstig an, die ihrerseits immer unverhohlener mit Heriberts unverkennbaren Absichten spielt. Schon nähert sich ihr Mund seinen Lippen, um dann kurz vor dem Ziel raffiniert zur Seite abzudrehen. So einfach will sie es ihrem Chef dann doch nicht machen.

Heribert streicht mit seinen Händen über Gabis Rücken, er erreicht ihren Bauch und tastet sich dann langsam vom Nabel zu den Brüsten nach oben. Er streicht ihr zärtlich über die untere Wölbung des Busens. Gabi weicht kichernd zurück. Schnell geht Heribert in eine keuschere Tanzhaltung über.

Gabi lächelt ihn an, löst sich von ihm, dreht sich einmal um die eigene Achse und tanzt dann weiter, wobei sie den Abstand zu ihm wieder vergrößert.

Heribert ist etwas irritiert, er weiß nicht so recht, wie er sich der jungen hübschen Frau gegenüber verhalten soll. Schon kommt Gabi wieder auf ihn zu und öffnet ihm mit einem feisten Lächeln den

Reißverschluß seiner Hose. Heribert ist angenehm überrascht. Als Gabi ihm nun noch den Hosenknopf öffnet, gleitet die schicke Leinenhose an seinen Beine herunter.

Die beiden küssen sich leidenschaftlich. Plötzlich wird alles etwas hektischer. Heribert greift Gabi unter den Rock, zieht ihr den Slip aus und wirft ihn weg.

Gabi steigt an ihm hoch und umklammert seine Hüften mit ihren Beinen. Beide fangen heftig an zu stöhnen.

Gabi schließt die Augen vor Wollust, während Heribert langsam beginnt, sich im Takt mit Gabi zu bewegen. Wirklich entspannt sieht er dabei nicht aus. Gabi ist durchaus zierlich, so zierlich aber nun auch wieder nicht.

Um dem Abhilfe zu leisten, sieht er sich im Zimmer um. Dabei bemerkt er, daß hinter Gabi eine kleine Kommode steht. Er beschließt, sich und

Gabi dorthin zu dirigieren. Mit heruntergelassener Hose erweist sich aber auch dieses Manöver als nicht ganz so leicht. Erst recht, weil vor der Kom-

mode ein kleiner Läufer liegt, den er übersehen hat.

Und so passiert es dann auch: Heribert stolpert über die Kante des Läufers, versucht noch irgendwie sein Gleichgewicht zu wahren, was ihm aber mißlingt: Beide können sich nicht mehr halten und stürzen vornüber. Heribert hat Glück, er landet weich auf Gabis Busen.

Gabi hat leider weniger Glück; mit voller Wucht knallt ihr Hinterkopf gegen die obere Kante der Kommode. Das Geräusch von brechenden Wirbeln dringt durch die schöne, sanfte Musik.

Mühselig richtet sich Heribert auf. Er schiebt die Sonnenbrille wieder ins Haar, die ihm bei dem Sturz auf die Nase gerutscht war. Schon will er sich bei Gabi für seine Ungeschicklichkeit entschuldigen, als er an ihrem vollkommen unnatürlich abgeknicktem Kopf erkennt, daß mit ihr etwas Grundlegendes nicht stimmt.

»Gabi?« Seine Stimme klingt sehr zaghaft. »Gabi?!«

Sie bleibt völlig regungslos liegen. Heribert sieht sie sich nun etwas genauer an und schreckt verzweifelt zusammen: Gabi ist tot!

■ ■ ■

Paul ist immer noch auf der Party. Zwei korpulentere Männer spähen mit Adleraugen über das Schlachtfeld, welches ehemals das Buffet war, und suchen sich die letzten Reste davon zusammen, um sie genüßlich zu vertilgen. Die anderen Gäste tummeln sich auf der Tanzfläche, alles ist deutlich wilder geworden.

Max tanzt immer noch mit seiner Brünetten, die beiden sind sich inzwischen wesentlich nähergekommen. Paul lehnt nicht weit von ihnen an der Wand und nippt benommen an seiner Bierflasche. Max tanzt eine elegante Pirouette an ihm vorbei, schnappt sich das Bier, nimmt einen kräftigen Schluck davon, strahlt ihn an und tanzt zu seiner Eroberung zurück.

Paul lächelt ihm abwesend nach. Eine hübsche junge Frau bezieht das auf sich und lächelt interessiert zurück. Doch Paul kann leider das Gesicht der jungen Frau nicht mehr richtig scharf sehen. Trotzdem versucht er mit einem freundlich gemeinten, etwas unbeholfenen Gesichtsausdruck Kommunikation mit der jungen Hübschen aufzunehmen.

Unvermittelt knicken ihm die Beine weg, und er landet auf dem Boden. Verwirrt schaut er sich die zappelnden Tänzer über sich an, die er nur noch wie ein wirres Farbknäuel erkennen kann.

Paul bekommt Angst, er krallt sich mit den Fingern in den Fußboden. Er späht nach Max, kann ihn aber im wirren Farbgemisch nicht erkennen.

»Max!!!«

Er brüllt verzweifelt in die abstrakte Malerei vor sich. Max dreht sich zu ihm um und ist überrascht, Paul auf dem Boden sitzen zu sehen. Er beugt sich zu ihm hinunter.

»Was ist denn los?« Max tätschelt ihm die Wange. Paul kann kaum mehr reden.

»Bring mich nach Hause.«

Auch Max' Gesicht hat sich vor seinen Augen in eine bunte, unförmige Masse verwandelt.

»Ist doch super hier!« erwidert Max. »Das geht schon vorbei.«

Er hat überhaupt keine Lust, den Abend jetzt schon zu beenden, schon gar nicht mit Paul. Der aber schüttelt nur noch den Kopf und lallt etwas wie: »M-mh.«

Max' Blick geht verzweifelt zwischen seiner brünetten Tanzpartnerin und seinem besten Freund hin und her. Es fällt ihm sehr schwer, sich zu entscheiden.

■ ■ ■

Heribert sitzt völlig aufgelöst neben Gabis Leiche. Seine kühle Gelassenheit ist spurlos verschwunden. Zitternd suchen seine Finger nach der Halsschlagader. Es ist keine Puls zu spüren. Es scheint keinen Zweifel zu geben: Gabi ist tot.

Was soll er tun? Panisch holt er sein Handy aus der Reverstasche. Er hat schon begonnen zu wählen, als er es sich doch anders überlegt. Wer sollte ihm diese absurde Geschichte abkaufen: Beim Liebesspiel kommt eine junge Mitarbeiterin von ihm durch einen unglücklichen Zufall ums Leben!

Und selbst wenn ihm die Justiz Glauben schenken würde, die Folgen wären trotzdem verheerend; die angeschlagene Ehe fände mit Sicherheit ihr jähes – und teures! – Ende, und beruflich würde ihm der Skandal erst recht schaden. Er weiß, wie Journalisten so etwas ausschlachten, er ist selbst einer! Nein, die Polizei zu rufen, würde ihn zerstören. Also steckt er das Telefon lieber wieder ins Jackett zurück.

Sein Blick fällt auf das Modell, welches ihm Gabi aus den Händen genommen hatte. Da müssen ja überall seine Fingerabdrücke drauf sein!

Er sucht nach etwas, um sie wegzuwischen, wobei er nichts Besseres findet als Gabis Schlüpfer, der unweit von ihm auf dem Boden liegt. Er eilt damit zum Modell, zieht sich die Ärmel seines Jacketts sorgsam

über die Hand-
ballen, nimmt
das Modell sehr
vorsichtig hoch
und beginnt, es
mit dem Slip ab-
zuwischen.

Ausgerechnet jetzt
muß sein Handy
klingelt. Das Läu-
ten erschreckt Heribert dermaßen, daß ihm das
Modell aus der Hand rutscht und krachend zu
Boden fällt.

Heribert nimmt das Handy aus der Tasche und
schaltet es ab, ohne den Anruf entgegenzunehmen.
Er sieht entsetzt zu Boden, beugt sich vor und versucht dann, das völlig eingedellte Modell wieder
so hinzustellen, als wäre gar nichts geschehen. Das
Vordach hat sich allerdings bei dem Sturz so gründ-
lich in seine Einzelteile aufgelöst, daß er es nur noch
unbeholfen vor die Miniatur-Fabrikhalle legen kann.
Dabei ist er panisch darauf bedacht, nur ja keine
Fingerabdrücke zu hinterlassen.

■■■

Max sitzt hochkonzentriert mit weit aufgerissenen
Augen am Lenkrad seines Wagens. Auch bei ihm
zeigt der ›Spaceball‹ nun sichtlich Wirkung. Paul
liegt völlig benommen im Beifahrersitz und atmet
sehr langsam ein und aus.

Max hat den abrupten Aufbruch von der Party
noch nicht ganz überwunden. Dafür war die
junge Brünette einfach zu hübsch. In Gedanken an

sie fängt er an, vor sich hin zu monologisieren: »Das Problem ist doch, daß wir viel zu hohe Ansprüche stellen: Sie muß wunderschön sein, 'ne  tolle Figur haben, sie muß intelligent sein, aber nicht altklug. Und sie muß frech genug sein, dich zu erheitern, aber devot genug, dich zu unterstützen.«

Paul muß aufstoßen. Max sieht besorgt zu seinem total außer Gefecht gesetzten Beifahrer.

»Brauchst 'ne Tüte?«

Aber Paul schüttelt nur ganz leicht den Kopf und murmelt etwas vor sich hin, was wohl eine Verneinung sein soll.

■■■

Heribert zieht den nach oben gerutschten Rock von Gabi wieder zurecht. Dann den Läufer. Er sieht sich noch einmal genau um. Hat er was vergessen? Die Sektgläser hat er gespült. Das Modell ist zwar kaputt, aber ohne Fingerabdrücke. Man wird ihm nichts nachweisen können.

Er schnappt sich die mitgebrachte Flasche Prosecco, wischt mit Gabis Slip hinter sich alle Türklinken ab, löscht das Licht im Wohnzimmer, sieht vorsichtig ins Treppenhaus und verläßt schnell die Wohnung.

■■■

Max' Auto bleibt vor Pauls Hauseinfahrt stehen. Paul macht keine Anstalten auszusteigen. Inzwischen bewegt sich auch Max nur noch wie in Zeitlupe. Er schaut rüber zu Paul.

»Wir sind da, Paul. – Pa-ul!«

Paul schreckt verstört auf, sieht befremdet zu Max und merkt erst jetzt, daß er gemeint ist.

»Hm?«

Max deutet mit dem Finger auf die Hauseinfahrt. Paul folgt dem Finger vor seinem Gesicht und erkennt überrascht, daß er vor seinem Haus angelangt ist. Mühsam öffnet er die Wagentür und will aussteigen. Es gelingt ihm nicht, weil er vergessen hat, den Sicherheitsgurt zu lösen. Paul wundert sich, wieso er nicht aus dem Wagen kommt. Hilfesuchend blickt er zurück zu Max, der aber zunächst auch nicht versteht, was los ist. Dann merkt er es, drückt auf die Verriegelung des Gurts, in dem sein Freund noch immer vornüber gebeugt hängt. Augenblicklich befreit sich Paul aus dem Gurt und knallt mit dem Hintern hart auf die Straße. Max beugt sich zu ihm vor.

»Geht's?«

Paul rappelt sich mühsam hoch. »Hm...«

Dann wankt er, ohne sich umzudrehen, Richtung

Hofeinfahrt. Max sieht ihm kurz nach, macht die Beifahrertür zu, setzt zurück und fährt los.

Paul starrt auf seine Füße. Der Boden unter ihm

fließt wellenförmig auseinander, als wären seine Turnschuhe kleine Kieselsteine, die ihre Kreise hinterlassen, wenn sie ins Wasser geworfen werden. Paul fällt fast vornüber, seine Füße schaffen es gerade noch, den Sturz abzufangen.

Genau in diesem Moment erscheint Heribert in der Eingangstür. Er sieht Paul auf sich zu torkeln und springt schnell hinter einen Mauervorsprung, um sich zu verstecken. Paul starrt weiter auf den unruhig wankenden Boden.

Heribert hält den Atem an: Jetzt kommt Paul unmittelbar an ihm vorbei. Aber der ist so mit sich und seinem Gleichgewicht beschäftigt, daß er auf einmal vor dem Treppenhaus steht, ohne zu wissen, wie er das geschafft hat. Er betritt das Haus.

Heribert lugt vor, ob er nun freie Bahn hat, dann eilt er zur belebten Straße.

■■■

Mühsam zieht sich Paul das Treppengeländer hoch; an jedem Absatz muß er erst einmal ausgedehnt Pause machen. Es geht ihm so richtig mies. Erst nach hartem Kampf erreicht er den zweiten Stock.

Nach einigen Fehlversuchen schafft er es sogar, seine Wohnungstür aufzuschließen. Viel zu laut fällt die Tür wieder ins Schloß. Sein Instinkt dirigiert ihn zielstrebig ins Schlafzimmer, Paul läßt sich vornüber aufs Bett fallen und schläft sofort ein.

II

Eine dicke Limousine steht mitten im Hinterhof von Pauls Haus. Der Hausmeister, ein korpulenter, bebrillter Mann um die Fünfzig, geht nörgelnd und kopfschüttelnd um den Wagen herum. Seine grell orangefarbene Weste gibt ihm das Aussehen eines Straßenbauarbeiters. In der Hand hält er ein zurechtgebogenes Stück Draht.
Er blickt sich vorsichtig um: Außer ihm scheint niemand im Hinterhof zu sein. Mit dem Draht macht er sich unauffällig an der Beifahrertüre zu schaffen, aber die Limousine wehrt sich dagegen mit dem lautem Hupen und Heulen ihrer Alarmanlage. Ertappt läßt der Hausmeister den Draht sofort hinter seinem Rücken verschwinden.

Paul schläft mit weit offenem Mund. Er hat noch alle Klamotten vom Vorabend an. Das Aufheulen der Alarmanlage reißt ihn aus seinem traumlosen Ruhezustand. Er hat große Mühe, seine verkrusteten Augen aufzubekommen. Die Welt um ihn herum ist unscharf und dreht sich. Sofort verkriecht er sich wieder unter die Decke.
Doch die Alarmanlage heult unbarmherzig weiter. Schließlich gibt sich Paul einen Ruck und richtet sich auf. Die plötzliche Bewegung hat fatale Folgen. Er greift sich an seinen Kopf, der sich anfühlt, als wäre er mindestens so groß wie eine Wassermelone. Als die Gehirnzellen mehr oder weniger ihren angestammten Platz wiedergefunden haben,

macht sich Paul auf zum offenen Fenster und schaut hinaus.

Der Hausmeister erkennt ihn sofort und winkt ihm zu. »Mojen, Herr Halbmeyer!« Er haut mit der flachen Hand auf das Limousinendach. »Is det Ihr Wagen hier, oder von Ihre Verlobten?«

Paul würde den Kopf schütteln, wenn er könnte. Aber so schließt er einfach nur schnell das Doppelfenster. Dann wankt er durch den langen Gang zur Toilette. Als er den Lichtschalter an der Badezimmertür drückt, leuchtet ein über der Tür angebrachtes altes Pissoirschild auf, das den ganzen hinteren Teil des Flures in rotes Licht taucht.

■ ■ ■

Paul torkelt zurück ins Schlafzimmer, er sieht erbärmlich aus. Auf seine Stirn drückt er sich einen Eisbeutel, im Arm hat er eine Wasserflasche, eine Schachtel Pillen und sein Telefon. Vorsichtig läßt er sich wieder ins Bett sinken. Das Telefon und die Flasche legt er neben sich ins Bett. Dann drückt er sich zitternd zwei Kopfschmerztabletten aus der Packung und steckt sie in den Mund. Er trinkt die Wasserflasche fast in einem Zug leer. Das lindert seinen Zustand aber nur unwesentlich.

Er schaut auf seinen Wecker: 10 Uhr. Er nimmt das Telefon hoch, wählt und wartet auf die Verbindung. Es meldet sich nur ein Anrufbeantworter.

»443 37 43, Rike Jost. Wenn sie eine Nachricht für mich haben, sprechen sie nach dem Piepton. Danke!«

Paul räuspert sich, seine Stimme klingt viel tiefer als am Abend zuvor.

»Hi, Rike. Wenn du das Band noch abhörst, bevor du kommst, ruf mich bitte an, ja? Mir geht's gar nicht gut. Ich glaub', ich hab' mich gestern erkältet.« Er legt auf, wischt sich über die Stirn und zieht sich den Eisbeutel tief in die Stirn. Sein Atem wird flacher, der Mund geht langsam auf, die Augen fallen zu. Da klingelt das Telefon. Paul schreckt hoch und hebt ab.

»Hallo?«

Am anderen Ende meldet sich eine routinierte weibliche Telefonstimme. »*Die Gabi würde ich gern sprechen.*«

Paul schaut auf Gabis Betthälfte. Es sieht so aus, als wäre sie schon aufgestanden. Ihr Computer steht aber noch zugeklappt auf dem Schreibtisch.

»Moment, ich schau' mal nach.«

Er drückt sich den Hörer gegen die Brust, atmet noch mal tief durch und richtet sich wieder auf. Jede schnelle Bewegung vermeidend verläßt er das Schlafzimmer.

Die Tür zum Arbeitszimmer steht offen. Paul schaut kurz hinein, von Gabi ist nichts zu sehen. Er will schon in der Küche nachsehen, da fällt sein Blick auf das Modell. Wie sieht das denn aus?

Paul geht erschrocken auf den Arbeitstisch zu: Vordach und Figuren liegen noch genau so herum, wie Heribert sie zurückgelassen hat. Paul schwant Böses. Er atmet noch mal ganz tief durch und dreht sich langsam zum Wohnzimmer um.

Gabi liegt unverändert da. Fast friedlich. Der geöffnete Mund und der abgeknickte Nacken lassen aber keinen Zweifel daran, daß sie tot ist.

Paul reißt die Augen auf. Ungläubig geht er auf sie

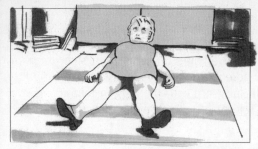

zu und kniet sich zu ihr. Das Telefon legt er neben sich. Zärtlich streicht er Gabi die blonden Haare aus dem Gesicht.

Da meldet sich wieder die weibliche Stimme aus dem Telefonhörer. *»Hallo? Hallo?! Ist da noch jemand?!«*

Paul schreckt zusammen und denkt rasch nach. Er ist überfordert:

Er kann sich an nichts mehr erinnern, nicht einmal mehr daran, wie er in der Nacht nach Hause gekommen ist. Aber irgend etwas muß er der Frau am Telefon ja sagen. Seine Stimme klingt dünn und ängstlich, als er ihr schließlich antwortet.

»Gabi ist nicht da.«

Die Frau am Telefon ist hörbar genervt. *»Richten Sie ihr bitte aus, sie soll sich in der Redaktion melden!«*

»Mhm... Mach' ich.« Paul legt auf.

Mit aller Kraft drückt sich Paul die Handballen gegen die Schläfen. Er schaut sich um. Im Zimmer scheint sich bis auf das Modell nichts verändert zu haben. Nur, daß alles irgendwie sonderbar aufgeräumt wirkt.

Da hört er von draußen den Hausmeister schimpfen. Paul springt auf und schließt rasch die Vorhänge im Wohnzimmer. Nach wie vor bringt ihn jede schnelle Bewegung außer Atem.

Er kniet sich wieder neben Gabi und versucht, sich mit ganzer Kraft auf den Vorabend zu konzentrieren. Doch das letzte, woran er sich erinnern kann, ist, daß er auf der Party mit Rike getanzt hat. Ab dann ist der Erinnerungsfaden gerissen.

Er ist verzweifelt. Was soll er jetzt tun? Schließlich nimmt er das Telefon und wählt eine Nummer.

Am anderen Ende meldet sich eine brummelnde Männerstimme. »*Mh?*«

Paul klingt ein klein wenig erleichtert. »Max? Komm sofort vorbei.«

Max ärgert sich, daß er ans Telefon gegangen ist. »*Sag mal, spinnst du?*«

»Es ist dringend, Max!«

»*Was ist denn los?*«

»Nicht am Telefon.«

Hätte Max doch bloß nicht den Hörer abgenommen! »*Paul, ich hab' zwei Tage Dienst hinter mir!*«

»Bitte, Max!« fleht Paul, »ich brauch' dich!«

Dann legt er wieder auf.

Paul bleibt neben der Leiche sitzen und nimmt Gabis erstarrte Hand in die seine. Es hat das Gefühl, als würde die Zeit stehenbleiben.

■■■

Max hat sich schnell Pulli, Jeans und Mantel übergeworfen und kommt nun mit großen Schritten die Treppen hochgehastet. Auch er ist noch gezeichnet vom Vorabend.

Er bleibt vor Pauls Wohnung stehen und klingelt. Sollte Paul keinen wirklich guten Grund gehabt haben, ihn aus den Federn zu holen, dann wird er was erleben.

Paul öffnet die Tür. Den Eisbeutel hält er immer noch an seine Stirn gedrückt.

»Was ist 'n los?« keift Max ihn an.

Ohne auf die Frage zu antworten, dreht sich Paul um und geht wie ferngesteuert zurück ins Wohnzimmer. Max wundert sich etwas über die stumme Reaktion. Er geht Paul nach. Als er das Wohnzimmer betritt und Pauls Blick folgt, gehen seine Augen weit, weit auf. Fragend sieht er zu Paul hinüber, der völlig ratlos zurückschaut und unschuldig die Schultern hochzieht. Keine Ahnung!

Max fängt sich wieder. Er eilt zu Gabi und fängt an, ihren Puls und ihr Rückgrat zu untersuchen. Paul kniet sich auf der anderen Seite neben die Leiche und beobachtet Max.

»Genickbruch«, diagnostiziert Max. »Sie ist seit sechs, acht Stunden tot.«

Paul schwant Böses. »Weißt du, wann ich heimgekommen bin?«

Max schaut kurz auf die Uhr, dann erwidert er zögerlich: »Vor acht Stunden.«

»O Gott!«

Paul bricht zusammen. Behutsam legt Max Gabis

Kopf wieder hin, atmet tief durch und sieht Paul
fragend an.

»Was ist passiert?«

»Keine Ahnung! Ich kann mich an nichts erinnern.
Ich weiß nicht mal, wie ich nach Hause gekommen
bin.«

Darüber kann Max ihn aufklären: »Ich hab' dich her-
gebracht.«

»Danke...« Paul läßt den Kopf hängen. Daß er sich
an die letzten acht Stunden nicht mehr im gering-
sten erinnern kann, setzt ihn völlig außer Gefecht.

»Dann war ich das, oder?«

Max schüttelt den Kopf. »So breit, wie du gestern
warst...«

Aber seine Stimme
klingt nicht so be-
ruhigend, wie Paul
das gerne hätte.
Trotzdem ist er
heilfroh, Max bei
sich zu haben.
Seit er die tote
Gabi gefunden

hat, hämmert nur noch eine Frage in seinem Kopf: Ist
er wirklich über Nacht zum Mörder geworden?

»Und jetzt?« Er sieht Max an, der gerade wieder aufgestanden ist, um sich im Zimmer umzuschauen.

»Du mußt die Polizei rufen.«

Paul nickt einsichtig und nimmt sehr langsam das
Telefon hoch. Wie in Zeitlupe fängt er an zu
wählen.

Max bemerkt das kaputte Modell. Erschrocken
dreht er sich zu Paul um.

»War Gabi noch wach, als du heimgekommen bist?«

Paul hört auf zu wählen. »Keine Ahnung. Warum?«
»Habt ihr euch gestritten? War sie sauer, weil du so betrunken warst?«
Paul legt das Telefon weg, steht auf und geht besorgt auf Max zu. »Ich weiß es nicht, ich kann mich an nichts mehr erinnern! Was ist denn plötzlich los mit dir?«
Max winkt ihn zu sich und deutet auf das kaputte Modell.
»Aber das kann man doch reparieren! Deshalb bring' ich sie doch nicht um!«
Paul fängt an, sich im Wohnzimmer nach entlastenden Indizien umzusehen. Da entdeckt er den kleinen Läufer, der ausgebreitet unter der Leiche liegt. Er geht hin und testet, ob der Teppich auf dem Parkett rutscht. Max sieht ihm skeptisch dabei zu.
»Vielleicht war's ja 'n Unfall!«
Aber Max schüttelt nur ungläubig den Kopf: »Dann wäre der Läufer doch nicht so liegengeblieben.«
»Warum nicht? Sachen gibt's, die gibt's gar nicht.«
»Paul, bitte!« würgt Max seine Theorie ab.
Paul besieht sich deprimiert seine Hände. »Glaubst du echt, daß ich es war?«
Max würde seinen besten Freund so gerne beruhigen. »Es ist doch völlig egal, was ich glaube...«
»Nein, ist es nicht!«
»...die Frage ist doch, was die Polizei glaubt. Hier spricht alles gegen dich: Mann kommt betrunken nach Hause, hat wieder mal Streit mit seiner Freundin, und am nächsten Morgen ist sie tot. Da wird so 'n Fall ganz schnell zu den Akten gelegt. Und wenn die dich in deinem Zustand verhören,

unterschreibst du denen sogar, daß du bei der RAF warst!«

»Glaubst du, daß ich es war?« Wenn zumindest Max an seine Unschuld glaubt, würde es auch ihm leichterfallen, mit der ganzen Situation klarzukommen. Aber Max weicht seinem Blick aus. Nach viel zu langem Schweigen schüttelt Max verneinend den Kopf.

Paul schluckt. »Was steht denn auf Totschlag?«

Max geht ins Arbeitszimmer und nimmt ein Konversationslexikon aus dem Regal. Er sucht das entsprechende Stichwort und liest es vor.

»*Totschlag: die vorsätzliche Tötung eines Menschen* *ohne die strafverschärfenden Merkmale des Mordes §212 StGB. Wird mit einem Freiheitsentzug nicht unter fünf Jahren bestraft.*«

Fünf Jahre! Paul ist geschockt. Nach einer Weile fragt er nach: »Und auf fahrlässige Tötung?«

Es klingelt. Die zwei schrecken auf. Paul formt lautlos das Wort ›Rike‹ und hält sich den erhobenen Zeigefinger vor den Mund. Das Klingeln wird heftiger.

■ ■ ■

Im Treppenhaus klingelt und trommelt Rike gegen Pauls Wohnungstür. Sie hat all ihre Arbeitssachen dabei. Aber so laut sie sich auch bemerkbar macht,

die Türe bleibt zu. Schließlich gibt sie sich geschlagen.

»Penner!« brüllt sie durch die Türe, dann geht sie wieder.

...

Paul und Max stehen unverändert im Arbeitszimmer. Paul sieht zu Gabis Leiche, dann dreht er sich

zurück zu Max. Er wirkt plötzlich sonderbar entschlossen.

»Und wenn's gar keine Leiche gibt?« Nur langsam begreift er, was Paul da eben vorgeschlagen hat.

Völlig perplex sieht er seinem besten Freund ins Gesicht.

»Das meinst du doch nicht ernst, oder?«

Paul läßt keinen Zweifel daran, das Problem jetzt selber in die Hand nehmen zu wollen. »Hilfst du mir?«

Max schüttelt entsetzt den Kopf. »Spinnst du? Das ist ein Faß ohne Boden!«

»Bitte, Max!«

»Ich bin doch nicht bescheuert!«

Paul schaut Max tief in die Augen. Max versucht dem Blick auszuweichen. Aber es gelingt ihm nicht.

III

Rüdiger, Pauls Nachbar, kommt auf seinem neuen Tretroller zügig in den Hinterhof gefahren. Er hat einen zotteligen, hellgrauen Langhaarmantel an, sein bunt gestreifter Leinenrucksack ist randvoll mit frischen Wochenendeinkäufen. Am Lenker des Rollers hängen zwei weitere Einkaufstaschen. Das Gemüse in den Taschen scheint Rüdigers Lebensmittelvorrat für die ganze Woche zu sein.

Weil die Hofeinfahrt immer noch von der parkenden Limousine versperrt wird, muß er seinen Roller abbremsen. Neben dem Wagen kehrt der Hausmeister gerade die letzen  Reste des herbstlichen Laubes zusammen, seine Laune hat sich nicht wesentlich geändert. Mit Rüdiger, seinem Intimfeind in der Hausgemeinschaft, hat er nun endlich jemand gefunden, an dem er den Frust über das geparkte Auto ablassen kann.

»Mojen, Herr Zetsche. Wissen Sie, wem die Karre da jehört?«

»Ich fahr' nicht mehr Auto«, gibt Rüdiger pikiert zurück.

»So jeht det jedenfalls nich' weiter. Jeden zweeten

Tach steht da einer. Ick bau' jetzt bald 'ne Schranke ein.«

»Was sagen Sie das mir?« erwidert Rüdiger, und hebt seinen Roller auf den kleinen Gehsteig, um ihn an der Limousine vorbeizuschieben. »Außerdem stellen Sie sich doch selber immer da hin!« Da wird der Hausmeister erst so richtig wütend. »Jetzt werden se mal nich ulkig, Herr Zetsche. Det is' ja nu wohl janz wat anderes. Ick hab' det mit die Hausverwaltung abjeklärt!«

Rüdiger schüttelt nur noch den Kopf: »Von Gerechtigkeit halten Sie wohl auch nicht viel.«

Dann läßt er den Hausmeister einfach stehen.

■■■

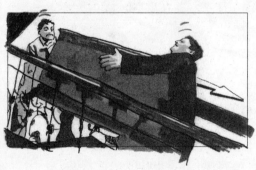

Stöhnend und schwitzend tragen Paul und Max die Kommode aus dem Wohnzimmer die Treppe hinunter. Sie ist unglaublich schwer. Die vordere Doppeltür ist mehrfach mit Packband zugeklebt, so daß nichts herausfallen kann. Max trägt vorne. Er muß sich mit seinem ganzen Gewicht gegen die Kommode stemmen, um nicht von ihr überrollt zu werden. Im Inneren des Möbels hört man ab und an ein leises, dumpfes Geräusch.

Paul kann die Kommode kaum halten. »Stop, mir rutscht gleich alles weg!«

Die beiden erreichen gerade noch den nächsten Absatz, da rutscht Paul die Kommode aus der Hand, und mit einem heftigen Knall kracht sie auf den Boden. Paul muß kräftig durchatmen.

Max kann immer noch nicht ganz begreifen, wieso er das tut: Das reinste Himmelfahrtskommando ist das! Erst recht mit Paul in diesem erbarmungswürdigen Zustand.

»Ein Glück, daß du nicht auf dicke Frauen stehst, sonst müßten wir jetzt schon aufgeben.«

Bei Paul kommt diese Bemerkung nicht sehr gut an. Um etwas zu erwidern, fehlt ihm allerdings die Luft.

Da kommt Rüdiger mit dem Einkaufstaschen die Treppen herauf. Als die beiden ihn sehen, bemühen sie sich sofort, so normal wie möglich zu wirken.

»Hi, Paul!« grüßt Rüdiger milde lächelnd, als er an ihm vorbeigeht. Paul nickt nett zurück. Auch Max wird von Rüdiger freundlich gegrüßt.

»Hallo!«

»Hallo...«, gibt Max zurück, und zupft nervös am Paketband der Kommode herum.

Rüdiger geht weiter, Paul und Max sehen sich erleichtert an. Doch dann dreht Rüdiger sich plötzlich wieder zu Paul um.

»Nanu, ziehst du um?«

Aber Paul ist noch viel zu sehr außer Atem, um ihm zu antworten, also springt Max ein.

»Neenee, er zieht nicht um. Wir räumen nur ein paar alte Sachen aus der Wohnung.« Lässig stützt er sich dabei auf die Kommode.

Rüdigers Interesse ist damit erst so richtig geweckt. »Ahaaa... Und wo soll die hin?«

»Auf 'n Sperrmüll.« Für Paul geht das alles viel zu schnell; er kann nur zwischen den beiden hin- und herblicken.

»Ach, habt Ihr angerufen?« will Rüdiger wissen. »Kommen die heute vorbei?« Jetzt steigt er wieder langsam die Treppen herunter.

Max blickt verzweifelt zu Paul.

»Du hast doch angerufen, oder?«

Paul nickt schnell, vor Schreck bringt er sogar einen Satz hervor.

»Ja, hab' ich. Kommen gegen Nachmittag.«

Rüdiger ist jetzt wieder bei den beiden angekommen. »Das ist ja gut zu wissen. Ich hab' auch noch ein paar alte Sachen.«

Max lächelt ihn weiter freundlich an. Da schaut Rüdiger sich die Kommode etwas genauer an.

»Sag mal, die wollt ihr doch wohl nicht wegwerfen, oder? Sieht doch noch echt Spitze aus. So was hab' ich schon jahrelang gesucht!« Ganz erfreut lächelt er die beiden an. »Die würde gut in meine Wohnung passen.«

Max überlegt kurz und deutet auf die Kommode: »Die ist kaputt!«

»Die ist kaputt?« Das kann Rüdiger kaum glauben. Aber auch Paul bestätigt es.

»Ja! Die ist kaputt.«

So schnell läßt Rüdiger nicht locker: »Aber die sieht doch noch tipptopp aus!«

»Aber nicht innen!« meint Max schnell. »Innen drin

ist sie völlig ka-
putt.«
Mit Schrecken
sieht Paul, wie
Rüdiger seine Ein-
kaufstaschen ge-
gen das Treppen-
hausgeländer lehnt,
um sich in aller
Ruhe der Kom-
mode zu widmen. »Laß mich doch mal rein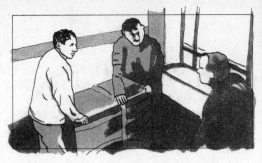
gucken.«
Und schon hat er sich vor die Kommode gekniet
und das erste Packband aufgerissen. Paul und Max
kleben das Klebeband sofort wieder zu und stellen
sich vor die Flügeltüren.
»Nee, nee, laß mal, Rüdiger.«
Doch der will es jetzt erst recht wissen. Er wendet
sich an Paul: »Laß mich doch mal reinsehen. Ich bin
ganz gut als Heimwerker.«
»Du, das hat echt keinen Sinn mehr, Rüdiger. Glaub
mir, die ist total hinüber!«
Rüdiger kann nicht verstehen, was die beiden da mit
ihm treiben. »Jetzt laßt mich doch einfach mal rein-
gucken! – Oder habt ihr da 'ne Leiche drin?«
Die beiden müssen schlucken, es entsteht eine unerträglich lange Pause. Da nimmt Paul all seine Kraft
zusammen und lächelt Rüdiger dreist an. »Ja, da ist
Gabi drin. Wir mußten sie ein bißchen zerlegen,
damit sie reinpaßt.«
Rüdiger ist verdutzt über diese Antwort. Schließlich
fängt er aber an laut zu lachen. »Du bist ja unheim-
lich blöde, Paul. Aber jetzt mal im Ernst, was ist
denn daran kaputt?«

Max räuspert sich, es fällt ihm nichts ein. Dafür aber Paul. »Holzwürmer.«
»Holzwürmer? Aha.« Rüdiger streicht ganz langsam mit der Hand über die Oberfläche der Kommode. »Holzwürmer... Müssen aber sehr lichtscheue Holzwürmer sein.«

Paul bestätigt das. »Ja!«

Rüdiger steht wieder auf und geht um die Kommode herum, um sie auch von der anderen Seite zu begutachten. »Also, ich würde die Kommode deshalb nicht gleich wegschmeißen. Das ist doch Verschwendung! Ich kenn' da ein super Mittel gegen Holzwürmer, und überhaupt nicht teuer: Du nimmst Brennesseln, legst sie ein paar Tage in Salzwasser, das gleiche machst du mit Tabak, und dann mischst du den Sud zusammen.«

»Und das geht?« fragt Max nach.

»Und wie! Dann nimmst du einen feinen, langborstigen Pinsel und bestreichst das Holz damit zwei-,

dreimal am Tag, und nach sechs bis acht Wochen ist der Holzwurm über alle Berge!«

Wieder entsteht eine unerträglich lange Pause. Rüdiger strahlt schon vor Freude über das ergatterte Schnäppchen. Max und Paul schauen sich verzweifelt an. Erst nach einer ganzen Weile hat sich Max wieder gefaßt.

»Und das funktioniert hundertprozentig?« fragt er Rüdiger.

»Klar! Wenn du alles genauso machst, wie ich es sage!« Rüdiger scheint gar nicht mehr zu halten zu sein, so sehr freut er sich auf die Kommode. Er klopft fachmännisch auf das Holz und quiekt: »Das ist Nuß – Nuß!«

Max blickt immer verzweifelter zu Paul, der aber auch keine Ahnung hat, wie sie aus der Situation herauskommen sollen. In letzter Sekunde hat Max dann aber doch noch einen Einfall: »Na, wenn das so ist, Paul, dann nehm' ich die Kommode. Ich meine, wenn dir das recht ist.«

Rüdiger sieht Max verwundert an, während Paul ihm beipflichtet. »Also, ich schmier' da jedenfalls keine eingelegte Pampe mehr drauf!«

»Aber ich!« erwidert Max schnell und lächelt Rüdiger nett an. Der ist über diesen plötzlichen Sinneswandel sichtlich verwundert.

Paul überlegt kurz. »Na, dann schenke ich sie dir, Max. Danke für den Tip, Rüdiger!«

»Bitte schön...«, gibt der enttäuscht zurück.

»Na... dann können wir sie ja auch gleich in mein Auto packen«, meint Max.

Rüdiger greift sich frustriert seine Einkaufstaschen und geht weiter die Treppe hinauf. Paul und Max schauen sich erleichtert an. Sie bücken sich, und heben die Kommode wieder hoch. Max gibt dazu das Kommando: »Auf eins.«

Da bleibt Rüdiger erneut stehen und dreht sich noch mal um. »Paul?«

»Ja?« Paul kann kaum über die Kommode schauen. Rüdiger ist wegen des verlorenen Schnäppchens richtig sauer. »Du solltest weniger Fleisch essen. Du bist richtig aggressiv.«
»Ja!« bestätigt Paul. Er würde jetzt alles sagen, um endlich weitergehen zu können. Rüdiger schaut ihm noch kurz nach, dann dreht er sich endlich um und geht zu seiner Wohnung.

■ ■ ■

Endlich erreichen Paul und Max mit der Kommode den Hinterhof. Plötzlich sieht Max etwas, erschrickt, dreht sich schlagartig um und rennt zurück ins Treppenhaus. Paul wird einfach von ihm mitgezogen. Verwundert sieht er sich nach dem Grund von Max' Handeln um. Da sieht er, daß zwei Polizisten gerade den Hinterhof betreten haben. Der eine hat eine amerikanisch-

coole Sonnenbrille auf und richtet sich seine Mütze, der andere nestelt an seinem Pistolenhalfter herum.

Paul und Max rennen, so schnell sie können, die Treppe wieder hinauf, ohne die Kommode auch nur einmal abzusetzen. Der Schreck über die beiden Polizisten hat  Pauls allerletzte Energiereserven freigesetzt.

■ ■ ■

Max stößt Pauls Wohnungstür auf und rennt mit der Kommode zurück in die Wohnung, Paul schlägt die Tür mit dem Fuß hinter sich wieder zu. Er kann jetzt kaum mehr mit Max Schritt halten. Die zwei spurten zum Arbeitszimmer und stellen die Kommode wieder an ihren alten Platz. Daneben liegen ein Berg Papier und Aktenordner.
Paul ist völlig außer Atem und läßt sich einfach auf den Boden fallen. Auch Max ist jetzt völlig außer Atem und obendrein stinkesauer über das, was er da gerade mit Paul angefangen hat.

»Ich hab's noch gesagt: Das ist ein Faß ohne Boden! Ein Himmelfahrts-kommando!! Ich bin so ein Voll-idiot!! Ein Voll-idiot!!! Scheiße, Scheiße, Scheiße!«

Paul liegt weiter schwer atmend am Boden und drückt sich die Fäuste gegen die Schläfen. Der Spurt hat ihm endgültig den Rest gegeben. Über sich sieht er Max wild herum gestikulieren. Max kann nicht verstehen, wie sich Paul jetzt einfach hinlegen kann. Er tritt ihm in die Rippen.

»Jetzt lieg da nicht rum, wir müssen was tun! Sie muß da raus! Da schauen die Bullen doch zuerst nach!«

Paul drückt immer fester die Fäuste auf die Schläfen und schließt die Augen. Max sieht ihn wütend an.

»Paul!«

»Mir platzt gleich der Kopf«, winselt Paul.

Max wird immer wütender: »Dann nimm 'n Aspirin!«

Es klingelt! Wie auf Knopfdruck springt Paul wieder hoch und beginnt zusammen mit Max, das Klebeband von der Kommodentür abzureißen.

■ ■ ■

In einem Waschbecken schwimmt Unterwäsche in einer trüben Lauge. Der Wasserhahn darüber wird aufgedreht, ein Glas füllt sich mit Wasser. Der Hahn wird wieder zugedreht, und ein Aspirin fällt zischend ins Glas. Heribert steht im dunklen Schlafanzug vor einem der zwei Waschbecken seines luxuriös ausgestatteten Badezimmers.

Hinter ihm sitzt sein achtjähriger Sohn Joshua auf dem Klo und spielt Gameboy. Heribert sieht völlig übernächtigt und gestreßt aus. Die ganze Nacht hat ihn der Gedanke gequält, ob er auch wirklich keine verräterischen Spuren am Tatort hinterlassen hat. Und dann taucht auch noch immer wieder das Gesicht der toten Gabi vor seinem inneren Auge auf.

Da kommt seine attraktive Frau Jutta ins Bad. Sie hat kurzes blondes Haar, ist Ende Dreißig und wirkt sehr resolut. Sie sieht Heriberts Gesicht im Spiegel und bekommt einen Schrecken.

»Boh, siehst du scheiße aus. Wann bist 'n heimgekommen?«

»Nicht so spät.«

Heribert ist sehr bemüht, ganz normal und entspannt zu wirken, was ihm aber nicht wirklich gelingt. Jutta drängt Heribert von seinem Waschbecken und fängt an, die darin schwimmende seidene Unterwäsche auszuwringen und ins zweite Becken zu legen. Heribert nippt an seinem Glas mit der aufgelösten Tablette.

»Wo warst du eigentlich gestern abend?« will Jutta von ihm wissen.

Heribert beugt sich wieder über sein Becken, in dem noch die trübe Wäschelauge dümpelt, und dreht sich angewidert weg. Jutta drückt den Abflußhebel, und die Brühe läuft gurgelnd ab. Sie sieht ihm scharf ins Gesicht und wartet auf eine Antwort.

»Hm?«

Heribert sieht sie mit großen Augen an, dann schaut er zu Joshua, der ihn fröhlich anlächelt. Für einen kurzen Moment scheint es, als wolle Heribert alles sagen. Aber dann zieht er es vor, verlegen zu lächeln, um die viel zu lange Pause zu überspielen.

»In der Redaktion«, flötet er.

Jutta sieht ihm tief in die Augen. Heribert versucht weiter zu lächeln. Da dreht sich Jutta verärgert um und nimmt Joshua an der Hand.

»Kommst du jetzt bitte und ziehst dich endlich an?«

Joschua findet das nicht so lustig. »Manno!« Er steht verärgert auf und verläßt mit Jutta das Bad.

Heribert atmet auf. Doch im Türrahmen bleibt Jutta stehen und dreht sich noch einmal zu ihrem Mann um.

»Ach, Heribert?«

»Ja?« Er hat sich sofort wieder unter Kontrolle und lächelt sie breit an.

»Wärst du so lieb, auf dem Heimweg beim Spanier vorbeizufahren? Der Rotwein ist da.«

Jutta lächelt genauso überzogen zurück, weiß sie doch allzugut Bescheid über die gelegentlichen Eskapaden ihres Mannes.

»Ja, Schatz«, erwidert Heribert fast singend.

■ ■ ■

An Pauls Wohnungstür klingelt es weiter. Der gesamte Inhalt des Kühlschranks ist auf dem Küchentisch ausgebreitet. Max steht neben dem Kühlschrank, aus dem eine

Hand heraushängt. Er schiebt sie mühsam hinein und stemmt sich dann gegen die Tür. Aber sie will und will nicht zugehen.

Es klingelt immer heftiger. Max rinnt der Schweiß von der Stirn. Schließlich nimmt er Anlauf und wirft sich mit voller Wucht gegen die Kühlschranktür. Endlich geht sie zu, aber aus dem Inneren dringt ein markerschütterndes Geräusch von brechenden Knochen.

Max zuckt entsetzt zusammen. Vorsichtig macht er den Kühlschrank wieder auf, schaut kurz hinein und schließt ihn sofort wieder. Er sieht verzweifelt aus.

Es klingelt Sturm. Paul kommt aus dem Arbeitszimmer, er hat die Kommode in Rekordzeit wieder eingeräumt. Alles sieht wieder so aus, als sei nie etwas geschehen. Er geht langsam  zur Wohnungstür und legt die Hand auf die Klinke. Da kommt Max aus der Küche, er ist käsebleich. Er klopft Paul ermunternd auf den Oberarm.

»Du mußt sie nicht reinlassen. Nur, wenn sie einen Durchsuchungsbefehl haben!«

Paul nickt und bedeutet Max, er solle sich im Arbeitszimmer verstecken. Dann atmet er tief durch und macht die Tür auf.

»Guten Tag...«, beginnt er, in Erwartung, die beiden Polizisten begrüßen zu müssen.

Aber vor ihm steht Rike, mit Arbeitstasche, Zeichen-

rolle und einer Tüte mit Backwaren. Sie schüttelt
beim elenden Anblick von Paul den Kopf.

»Boh, siehst du scheiße aus!« Dann drückt sie ihm
die Bäckertüte in die Hand und will eintreten.

»Hier, was zum Frühstücken.«

Paul lehnt die Tüte ab und schafft es gerade noch,
Rike den Einlaß zu verwehren. »Wir können heute
nicht arbeiten, Rike.«

»Was?« Sie will es nicht wahrhaben, in welch er-
bärmlichen Zustand sich Paul befindet. Es ist noch
so viel zu tun bis zu der Abgabe – und dann das!

»Wir können heute nicht arbeiten! Ich bin krank«,
wiederholt Paul nachdrücklich und deutet auf seinen Hals.

Rike wird es zu bunt, sie drückt Paul einfach zur
Seite und läßt ihm keine Chance.

»Jetzt mach dich nicht lächerlich! So 'n bißchen
Kater hat noch keinen umgebracht.«

Und schon ist sie in dem abgedunkelten Wohnzim-

mer, wo Max auf
dem Sofa liegt
und sich den Eis-
beutel auf die
Stirn drückt. Auch
über Max' Anwe-
senheit ist Rike
nicht gerade ent-
zückt.

»Der auch noch!«
Sie legt die Tüte
auf das Keyboard, geht zum Fenster und reißt die
Vorhänge weit auf. Tageslicht durchflutet das Wohnzimmer. Max quittiert das mit einem lauten, gequäl-
ten »Ahhhhh... Vorhang zu!«

»Morgen, Herr Doktor!«
Auch für Max hat Rike kein Mitleid übrig. Sie macht das Fenster weit auf. Paul steht immer noch hilflos im Türrahmen, da geht wieder die Alarmanlage im Hof los. Er wundert sich und eilt ins Schlafzimmer.

■■■

Ein großer, roter Abschleppwagen steht nun hinter der falsch geparkten Limousine. Einer der Polizisten füllt einen Strafzettel aus, der andere steht  bei dem wichtigtuerischen Hausmeister, der auf ihn einredet.
»Ick möchte ma' wiss'n, wieso man als Bürger und Steuerzahler annathalb Stun'n – annathalb Stun'n! – auf die Polizei wart'n muß.« Der Polizist nickt ihm nur kurz zu und widmet sich dann dem Kennzeichen des Wagens.

■■■

Paul beobachtet die drei Männer und die zwei Fahrzeuge von seinem Fenster aus. Rike erscheint neben ihm, sieht ebenfalls auf den Hof.
»Scheiße!« ärgert sich Paul.
Da kommt auch Max und stellt sich neben die beiden. Rike versteht jetzt überhaupt nichts mehr.
»Ist das etwa dein Wagen?« fragt sie Paul.

»Ne.«
»Was regst 'n dich dann so auf?« wundert sie sich. Max ärgert sich, daß er dachte, die Polizisten seien hinter ihnen her gewesen. »Man müßte einfach viel cooler sein. Einfach nett lächeln und vorbeilaufen.«

Rike schüttelt nur noch ungläubig den Kopf »Na, ihr habt's euch ja ordentlich besorgt, gestern abend.«

Dann geht sie zurück ins Arbeitszimmer. Die beiden eilen ihr nach, und Paul versucht sie irgendwie aufzuhalten. »Rike...«

Aber sie geht einfach weiter und stellt ihre Sachen auf dem Schreibtisch ab. »Trink 'n Kaffee, iß was und fang an zu zeichnen!«

»Rike, es geht heute nicht!«

»Jetzt geh mir bitte nicht auf die Nerven. Schlimm genug, daß du aus unserm Büro ein Lazarett machst.«

»Ich mein' das ernst, Rike! Du mußt wieder gehen.« Rike sieht ihm ins Gesicht, sie wirkt immer angespannter. »Ich kann einfach nicht verstehen, wie du dich so wegbeamen kannst, obwohl du ganz genau weißt, was noch alles zu tun ist. Wir haben noch fünf Tage, Paul. Fünf Tage!«

Paul kann sich in seinem Zustand nicht gegen Rike durchsetzen. Er schaut sie mit seinen traurigen, großen Augen an, denn er weiß, daß Rike sich diesem Hab-mich-lieb-Blick nur schwer widersetzen kann.

»Hast du Zitronen im Haus?« fragt sie ihn.

»Im Kühlschrank.«

»O.k.«, lächelt sie ihn an, »ich mach dir 'n doppelten Espresso mit Zitronensaft. Der weckt Tote!«

Rike will schon den Raum verlassen, da springt ihr Max in den Weg, der beim Wort ›Kühlschrank‹ hellhörig geworden ist.

»Koffein mit Ascorbinsäure mischen ist ungesund!« gibt er zu bedenken.

»Ach so«, erwidert Rike, »aber Alkohol mit Alkohol mischen ist gesund?«

»Na ja, in Maßen«, kontert Max. »Trainiert die Leber!« Irgendwie muß es ihm ja gelingen, Rike vom Kühlschrank fernzuhalten.

»Dann müßte doch Pauls Leber trainiert genug sein!« erwidert sie schnippisch.

Da tritt wieder Paul an sie heran. »Es tut mir leid, Rike, aber du kannst hier heute unmöglich arbeiten.«

Rike schaut ihn kurz besorgt an. »Ist was passiert?« Paul schüttelt den Kopf.

»Hast du dich doch noch von Gabi getrennt?« Paul schnürt es fast den Hals zu.

»Ich ruf' dich an, o.k.?«

Aber Rike gibt nicht nach. Sie geht zurück zu ihrem Zeichentisch, setzt sich daran und verschränkt trotzig die Arme. Paul weiß nicht mehr, was er machen soll, um Rike aus der Wohnung zu bekommen.

Da übernimmt Max. »Ich glaub', wir sollten dir was beichten.«

Paul schaut ihn erschrocken an. Max legt ihm beruhigend die Hand auf den Arm, dann redet er weiter. »Wir haben uns gestern so Zeug andrehen lassen, keine Ahnung, was da drin war. Jedenfalls haben wir die ganze Zeit furchtbare Flashbacks.«

»Soll ich euch 'n Arzt rufen?« fragt Rike, gar nicht besorgt.

»Rike, ich bin Arzt. Es tut mir leid, aber Paul kann heute beim besten Willen nicht arbeiten. Es wäre besser, du läßt uns einfach allein, und morgen ist alles wieder in Ordnung, ja? Bitte!«

Paul geht vorsichtig auf sie zu und legt ihr eine Hand auf die Schulter. Aber Rike macht sich mit einer schroffen Bewegung davon frei und faucht ihn an.

»Ich bin so stinksauer auf dich. Das kannst du dir gar nicht vorstellen.« Dann nimmt sie sich ihre Tasche und stürmt wütend aus dem Zimmer. Die Wohnungstür kracht ins Schloß.

»Bist du wahnsinnig? Was glaubst du, wird Rike jetzt aussagen?« zischt Paul Max an.

»Na, irgendwie mußte sie doch aus der Wohnung!«

■■■

Im Treppenhaus hört man ein dumpfes Geräusch: In rhythmischer Folge schlägt ein schwerer Gegenstand auf die Stufen. Rüdiger erscheint. Ganz alleine schleift er einen überdimensionalen Wohnzimmerschrank die Treppe hinunter. Um dabei die Schläge etwas zu 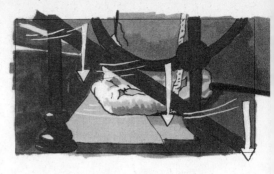 dämpfen, hat er mit viel Aufwand ein Kissen an die Unterkante des Schrankes gebunden. Er muß sich mit aller Kraft gegen den Schrank stemmen, damit er nicht vornüberfällt.

Er erreicht den Absatz vor Pauls Wohnung und stellt den Schrank ab, um einen Moment zu verschnaufen. Da öffnet Paul sehr vorsichtig seine Wohnungstür, um zu sehen, ob die Luft rein ist. Aber vor sich sieht er nichts als den Schrank.

Dahinter taucht nun Rüdigers verschwitztes Gesicht auf: »Ich hab's endlich geschafft, mich von diesem Monstrum zu trennen! Das ist noch aus dem Wohnzim-  mer meiner Eltern. Scheußlich, was? Ach... hast du kurz Zeit, kannst du mit anpacken?«

»Nö!« erwidert Paul trocken und schließt die Tür.

■ ■ ■

Max steht am Schlafzimmerfenster und beobachtet den Hinterhof. Der wird immer belebter. Der Hausmeister steht nörgelnd auf einer Aluminiumleiter und befestigt ein Schild mit der Aufschrift ›Absolutes Halteverbot‹ an einem extra dafür in den Boden gerammten Pfahl. Eine junge Frau mit blauen Haaren schmeißt ihren Abfall in die Mülltonne. Ein paar Kinder spielen auf dem Hof Verstecken.

Paul kommt ins Zimmer, stellt sich neben Max und sieht auch raus.

»Ganz schön viel los hier«, meint Max.

Paul nickt resigniert. »Es hat keinen Sinn, Max. Wir legen sie wieder so hin, wie sie war, und ich ruf die Polizei.«

Max dreht sich verlegen zur Seite. Wie soll er Paul nur erklären, was ihm vorhin mit Gabi passiert ist?

»Das geht nicht mehr«, sagt er schließlich ganz leise.

»Warum nicht?«

»Frag lieber nicht...«

Paul sieht ihn erschrocken an. »Warum nicht, Max?«

Max kann Paul nicht ins Gesicht sehen.

»Max!?« Dann stürmt Paul aus dem Zimmer.

■ ■ ■

Paul kommt in die Küche gerannt. Er öffnet die Kühlschranktür und sieht hinein. Er muß heftig schlucken.

Max erscheint hinter ihm in der Tür. Paul dreht sich fragend zu ihm um. Max kann dem Blick nicht standhalten und wendet sich verlegen zur Seite. Geschockt blickt
Paul noch einmal zu der beschädigten Leiche, dann schließt er angewidert die Kühlschranktür.

»Bist du wahnsinnig?!«

Paul geht zum Küchentisch. Er muß sich aufstützen. Der Blick in den Kühlschrank hat ihn fertig gemacht. Denn eines ist jetzt klar: Die Möglichkeit, sie einfach wieder hinzulegen und die Polizei zu verständigen, ist endgültig vorbei. Max geht langsam auf Paul zu. Kleinlaut versucht er, sein Verhalten zu rechtfertigen.

»Die Tür ging nicht zu, da hab' ich...«, stottert er.

»Max, das ist meine Freundin!«

»War deine Freundin...«

Paul wendet sich kopfschüttelnd ab. Zum ersten Mal, seitdem er aufgewacht ist, hat er ein ganz konkretes Gefühl: Er ist sauer auf Max! »Und ich hab' gedacht, du hilfst mir! Statt dessen machst du alles nur noch viel schlimmer!«

»Das ist nicht fair,

Paul. Ich *hab'* dir geholfen!« Max schiebt beleidigt sein Kinn nach vorne. Da gerät Paul erst so richtig in Rage.

»Tolle Hilfe! Vielen Dank!«

Max versucht weiter, sich zu rechtfertigen: »Mann, was hätt' ich denn tun sollen? Du hast da herumgelegen und die Decke angestarrt!«

»Dabei geht wenigstens nichts kaputt, du Trampel!«

Max bleibt ganz ruhig und schaut Paul scharf an. »Vielleicht bin ich ja ein Trampel, aber ich hab' sie wenigstens nicht umgebracht!«

»Ich auch nicht, Max!«

Die Gesichter der beiden sind jetzt nur noch wenige Zentimeter voneinander entfernt.

»Woher willst du das wissen?« blafft ihn Max an.

Da bricht es unvermittelt aus Paul heraus. »Du bist so eine miese Sau!«

Das trifft Max. »Weißt du was? Dann mach doch deinen Scheiß allein!«

»Mach' ich auch!« gibt Paul kalt zurück.

Max dreht sich wütend um und läßt Paul einfach stehen. Er ist doch nicht wahnsinnig!?

»Arschloch!« ruft ihm Paul verhalten hinterher. Schon hört man die Wohnungstür zuknallen. Paul schüttelt deprimiert den Kopf.

■ ■ ■

Rüdiger befestigt mit einem Keil die Eingangstür zum Hinterhof. Er sieht völlig fertig aus. Auf seinem grün gestreiften Hemd zeichnen sich große Schweißflecken ab. Geschickt stemmt er den wuchtigen Schrank wieder hoch und zieht ihn nach draußen. Das Kissen bleibt an der Schwelle hängen, aber mit einem kurzen Verkanten des Schrankes schafft er es, das Monstrum nach draußen zu befördern. Ermattet stellt er den Schrank ab und atmet heftig.

Der Hausmeister, sichtlich zufrieden über sein frisch aufgestelltes Verkehrsschild, sieht Rüdiger bei seinem Schrank stehen und schlendert langsam auf ihn zu.

»Was soll'n det werden? 'ne Freiluftbücherei?«

Rüdiger kann kaum antworten, er ist noch ganz außer Atem. »Heute ist Sperrmüll!« keucht er.

»Heute? Am Samstag?« Der Hausmeister schüttelt ungläubig den Kopf.

»Ja!« versichert Rüdiger. »Der Paul war so nett, mir Bescheid zu sagen.«

Da legt der Hausmeister ganz jovial seine Hand auf Rüdigers Schulter, was dieser ganz und gar nicht mag.

»Also mit Verlaub, Herr Zetsche, aber da hat er ihn wohl 'n Bären uffjebunden. Oder haben Sie schon mal einen vom Sperrmüll samstags arbeiten sehen? Also ick noch nie.«

Jetzt versteht Rüdiger gar nichts mehr. »Ja aber...«

In diesem Moment kommt Max wütend aus dem Treppenhaus gelaufen und geht an den beiden Streitenden vorbei, ohne sie weiter zu beachten. Neugierig sieht ihm der Hausmeister nach und ruft ihm ein scharfes

»Guten Tag!« hinterher. Doch Max würdigt ihn keines Blickes und geht einfach weiter seines Weges.

Schließlich wendet sich der Hausmeister wieder Rüdiger zu. »Glom' se mir, Herr Zetsche, ick hab' 'n Schwager da zu arbeiten. Wenn der jetzt och noch am Samstag ausrücken müßte, da wär der sofort wieder inne Jewerkschaft. Aber eins-fix-drei!« Dann beugt er sich zu dem Wohnzimmerschrank und klopft dreimal mit der Faust darauf. »Also, det Ding da kann auf keen Fall hier stehenbleiben.«

Rüdiger weiß, was das bedeutet. »Hm...«

»Also, schönen Tach noch, Herr Zetsche«, verabschiedet sich der Hausmeister mit einem feisten Lächeln auf den Lippen und geht seiner Wege.

Rüdiger versteht nicht, wieso Paul ihn angelogen hat, und blickt verärgert zu dessen Schlafzimmer hoch. Durch die Spiegelungen des Fensters ist schemenhaft zu erkennen, wie Paul das Zimmer betritt und sich anfängt auszuziehen.

■ ■ ■

Wütend entledigt sich Paul seiner Hose und legt sich ins Bett. Er mummelt sich tief in die Bettdecke und

starrt die Decke an. Plötzlich schlägt er sich dreimal mit der flachen Hand auf die Stirn.

»Saufen, Saufen, Saufen.«

■ ■ ■

Heribert sitzt mut-
terseelenallein in
seinem Büro an
seinem riesigen
Schreibtisch. Hin-
ter ihm eine Fen-
sterfront mit Blick
auf die Berliner
Skyline, die nur
von den unzähli-

gen Baukränen überragt wird. Er wirkt sehr nervös.
Mit der flachen Hand schlägt er sich dreimal auf die
Stirn.
»Ficken, Ficken, Ficken.«

IV

Auf einem Schreibtisch stapeln sich unzählige Papiere, daneben stehen ein paar kleinere Keramikskulpturen. Die Wände sind voll mit Bücherregalen, in denen viele Kunstkataloge liegen. An jeder freien Stellen hängen Bilder und Plakate.

Pauls Mutter Cordula sitzt am Schreibtisch im kleinen Büro ihrer Galerie. Sie schenkt sich ein Glas Sekt ein. Man merkt sofort: Geschicklichkeit ist nicht eine ihrer Stärken, aber sie weiß das, und es scheint sie nicht weiter zu stören.

Sie greift nach ihrem altmodischen Telefon und wählt eine Nummer. Während sie auf den Gesprächspartner wartet, nippt sie an ihrem Glas Sekt. Da meldet sich jemand am anderen Ende der Leitung. Cordula redet gleich drauf los.

»Hallo? Können Sie mich bitte mit Herrn von Hengen verbinden?... Danke.«

Es klopft an der Galerietür. Cordula stellt den Sekt weg und eilt mit dem Hörer in den Ausstellungsraum. Dabei zieht sie das Telefon samt völlig verdrehter Telefonschnur hinter sich her. Mitten im Raum fällt eine große, unförmige Skulptur auf. An den Seiten ähnliche, aber kleinere Skulpturen.

Vor der Galerietür steht Chang Wu, der Künstler der momentan aufgebauten Ausstellung. Cordula grüßt ihn und schließt die Tür auf. Da meldet sich endlich Herr von Hengen, und Cordula sprudelt sofort los.

»Walter? Grüß dich, hier ist Cordula. Wie geht's

dir?... Das freut mich... Nein, Paul hat mir nichts gesagt, aber deshalb ruf' ich ja an... Und?... Ach, du
bist ein Schatz! Ich versprech' dir, er wird dich nicht
enttäuschen!«
Währenddessen hat Chang Wu die Galerie betreten. Cordula schließt wieder hinter ihm ab und zeigt
ihm voller Stolz, daß neben dem kleinen Schildchen
mit dem Titel der großen Skulptur ein roter Punkt
klebt: Sie wurde verkauft! Chang Wu lächelt Cordula hocherfreut an, die zurücklächelt, während sie
weiter auf Herrn von Hengen einredet.
»Ach, übrigens, Walter, die große Skulptur von
Chang Wu, du weißt schon, die, die dir immer zu
teuer war, ich hab' sie gestern abend verkauft... Tja,
zu spät!«
Cordula lächelt ins Telefon hinein. Mit ihrer großen
Nase und den gefärbten langen roten Haaren hat
sie manchmal etwas Dämonisches. Sie geht zurück
in ihr chaotisches Büro, wobei sich die Telefonschnur um den Fuß der Skulptur legt.
»Du, entschuldige Walter, aber ich muß Schluß machen. Chang Wu ist den Moment gekommen. Ich
ruf' dich an, ja?... Tschüs, mein Lieber, mach's gut...
Nein, verlaß dich drauf! Also, Tschüssi!«
Cordula legt auf. Sie will das Telefon auf den Tisch
stellen, aber die Strippe ist zu kurz. Sie zieht ungeduldig daran, immer heftiger, bis sie einen lauten
Knall hört.
Cordula eilt in den Ausstellungsraum. Die große
Skulptur liegt in tausend Stücke zerbrochen am
Boden. Cordula sieht entsetzt auf den Scherbenhau-
fen, dann zu Chang Wu. Das Lächeln des Chinesen
ist erfroren.
»Hoppla...«

Mit einem gezwungenen Lächeln versucht Cordula die Situation zu überspielen.

■■■

Max sitzt an einem üppig gedeckten Frühstückstisch. Eine Frau in seinem Alter, Bärbel, holt neben ihm eine Tasse aus dem Küchenschrank: Es ist Max' Lieblingstasse. Seit die beiden nicht mehr zusammen sind, ist sie im Schrank ganz nach hinten gerückt.
Bärbel hat langes schwarzes Haar, das sie hinten zusammengesteckt hat. Sie trägt ein hübsches weites Kleid, das sehr gut zu ihrer kräftigen Figur paßt. Sie stellt die Tasse vor Max auf den Tisch.
Der sitzt schweigend da und sieht völlig ratlos und zerknirscht aus. Bärbel nimmt die Kanne aus der Kaffeemaschine und gießt Max' Tasse voll. Sie streicht Max liebevoll über die Haare.
»Siehst müde aus.«
Max lächelt kurz und zuckt mit den Schultern.
Aus dem Kühlschrank holt Bärbel ein Tetrapack Milch und gießt ihm, ohne zu fragen, einen großen Schluck in den Kaffee.
»Danke«, sagt Max artig.
»Na, was willst du?« will Bärbel wissen.
Max zuckt wieder nur mit den Schultern und schweigt.
»Du bist doch nicht zum Frühstücken gekommen, oder?«
Max schüttelt den Kopf.
Jetzt wird es Bärbel zu bunt. Sie stellt die Milch auf den Tisch. »Mensch, Max, mach den Mund auf!«
Sie setzt sich ihm gegenüber an den Tisch und nippt

an ihrer Tasse. Max steht auf, geht zum Küchenschrank und holt eine Zuckertüte heraus. Er geht zurück zum Tisch und löffelt sich viel Zucker in seinen Kaffee.

Die Küche ist ein für Berlin typischer, kleiner enger Schlauch, der bis in Kopfhöhe in einem warmen Orangeton gestrichen ist. Am Übergang zur weißen Wand ist eine kleine grüne Blumenbordüre aufgemalt. Nur der Blick nach draußen auf eine graue Brandschutzwand ist eher trist.

Ähnlich ist die Stimmung am Küchentisch. Bärbel ist immer genervter von Max' Verhalten, der immer noch nicht die Zähne auseinander bringt.

Schließlich nimmt er einen großen Schluck Kaffee und faßt sich ein Herz. »Stell dir mal folgendes vor: Du hast ein Kind, und das hat eine Pistole gefunden, und...«

Max bricht ab, steht auf und lehnt sich an die Spüle. Dann fängt er noch einmal von neuem an: »Ne. Anders.« Er rührt in seinem Kaffee. Es fällt im schwer, die richtigen Worte zu finden.

»Du fährst durch einen Wald, auf einem Forstweg, auf dem man nicht fahren darf, und plötzlich springt dir ein Reh vors Auto, und du überfährst es.« Bärbel schaut ihn mit großen Augen an. »Würdest du's verschwinden lassen, oder würdest du's beim Forstamt melden?« Mit ängstlichen Augen blickt er sie an.

»Bist du gestern betrunken Auto gefahren, Max?« fragt sie erschrocken zurück.

Max blickt sie überrascht an. »Ich? Nein.«

»O Max, ich hab's gewußt! Ich hab' dir tausendmal gesagt, du sollst nicht betrunken fahren. Hast du jemanden überfahren?«

Max versucht sich zu verteidigen: »Ich hab' niemanden überfahren. Ehrlich!«

»Dann versteh ich nicht, was du meinst.«

Max geht wieder zum Küchentisch und setzt sich zu ihr. »Ich hab' doch 'ne ganz klare Frage gestellt, oder? Würdest du dich stellen, oder würdest du das Reh aufessen?«

Bärbel beugt sich zu Max über den Tisch: »Hör mal, Max, ich möcht' mich nicht mit dir streiten, ja? Und ich möcht' auch nicht, daß du hier immer wieder unangemeldet vorbeischaust. Ich könnte ja auch einen neuen Freund haben!«

Dann setzt sie sich wieder zurück auf ihren Stuhl, während Max plötzlich ganz hellhörig geworden ist: »Du hast 'n neuen Freund?« fragt er.

»Ja.«

»Echt?« Max will es nicht glauben.

»Ja!« wiederholt Bärbel. Es gefällt ihr, daß Max enttäuscht und ein wenig eifersüchtig aussieht, obwohl er es zu überspielen versucht.

»Kenn' ich ihn?« Bärbel weicht seinem intensiven  Blick aus, geht zur Spüle und lehnt sich an. »Also, ich glaub', ich würde das Reh mitnehmen, dann würd' ich's dir vorbeibringen, und du könntest es ja dann aufessen, wenn du magst. Sonst noch Fragen?«

Max steht seinerseits auf und legt den Kaffeelöffel

auf die Spüle. Dann stellt er sich neben Bärbel und sieht sie mit großen Augen an.

»Und was mach ich mit den Knochen?«

»Max, bitte!«

Bärbel dreht sich angewidert weg. Max trinkt den Kaffee aus und stellt artig seine Tasse ins Spülbecken. Er geht zur Tür. Da hat er eine Idee und dreht sich noch mal um.

»Ach sag mal, hast du die Getreidemühle eigentlich noch?«

Bärbel ist von dieser Frage sichtlich überrascht: »Du willst doch nicht etwa abnehmen?«

Max lächelt sie an und hebt feierlich seine rechte Hand zum Schwur. »Nie wieder McDonald's.«

■ ■ ■

Cordula kommt eiligen Schrittes die Treppen zu Pauls Wohnungstür herauf. Sie hat sich einen ponchoartigen, dunkelblauen Mantel übergeworfen. Sie drückt energisch auf die Klingel. Ungeduldig verlagert sie ihr Gewicht von einem Fuß auf dem anderen. Aber niemand öffnet.

Nervös fummelt sie Filofax und Stift aus ihrer Tasche und will etwas aufschreiben, aber der Stift tut's nicht. Auch nicht, als sie ihn mehrmals anhaucht. Das nervt sie. Ohne groß zu überlegen, greift sie in ihre Handtasche und holt einen Schlüsselbund heraus.

»Ach, was soll's!«

Sie steckt den passenden Schlüssel ins Schloß und schließt auf.

■ ■ ■

Max und Bärbel stehen nebeneinander an der Tür vor ihrer Wohnung, er hat eine große hölzerne Getreidemühle im Arm. Er küßt Bärbel zum Abschied auf die Wange.

»Danke!« Max will schon gehen, als er sich noch einmal umdreht. »Hast du wirklich 'n neuen Freund?« Bärbel schüttelt verlegen den Kopf. Max ist erleichtert. Sie lächelt. »Irgendwie finden wir wohl nichts Besseres, was?«

Max schaut sie zärtlich an. »Und wenn wir's noch mal versuchen?«

Aber Bärbel schüttelt lächelnd den Kopf. »Das wär' dann das dritte Mal. Und wenn's wieder schiefgeht, mit wem soll ich dann alt werden?«

Sie küßt Max auf die Wange, und der macht sich auf den Weg.

■ ■ ■

Cordula betritt den Flur von Pauls Wohnung. Sie geht zum Anrufbeantworter und will gerade einen Stift nehmen, als sie hört, daß doch jemand in der Wohnung ist. Sie geht ins Arbeitszimmer und sieht sich um. Dann geht sie weiter zur Schlafzimmertür und öffnet sie.

Paul schreckt aus dem Schlaf auf. Cordula strahlt ihn an und geht lächelnd auf ihn zu. »Du bist ja doch da!«

Paul richtet sich ruckartig auf und entfernt seine Ohrstöpsel: »Mama!? Was machst du denn hier?«

Cordula setzt sich zu Paul aufs Bett. Sie streicht ihm über die Wange. »Und du? Was machst denn du um die Zeit noch im Bett?« kontert sie.

»Ich will nicht, daß du einfach so in die Wohnung kommst, Mama!«

Cordula ist überrascht über den plötzlichen Energieschub ihres Sohnes. Sie fühlt sich ertappt und versucht sofort, ihr unerlaubtes Eindringen zu entschuldigen. »Ich weiß, ich weiß. Ich wollte ja eigentlich auch nur einen Zettel an die Tür klemmen, aber dann war mein Stift kaputt, na ja, und dann...«

Paul schaut sie ungläubig an.

»Das ist die Wahrheit!« Sie holt Stift und Filofax aus der Tasche und malt Kringel auf eine freie Seite. Aber der Stift schreibt jetzt wieder. »Ich schwöre dir, eben hat er nicht geschrieben«, beharrt sie.

»Ach Mama!«

Cordula will nicht weiter darüber reden, steht einfach auf und verläßt das Zimmer. »Sag mal, weißt du, wann Gabi zurückkommt? Ich wollte sie nämlich um was bitten.«

Paul springt auf und eilt seiner Mutter hinterher. »Worum geht's?«

Cordula betritt die Küche und wundert sich über die ganzen Lebensmittel, die nach wie vor offen auf dem Tisch stehen. »Nanu? Was ist denn hier los?«

Paul stellt sich schnell vor den Kühlschrank und

überlegt kurz. »Ich tau' den Kühlschrank ab«, fällt ihm gerade noch ein.

Cordula zieht ihren Mantel aus und hängt ihn über einen der Küchenstühle. »Dann mach doch die Tür auf, geht viel schneller.«

»Ach, ich hab' Zeit.«

Aber Cordula beharrt auf ihrem Rat »Der fängt doch an zu schimmeln.« Und schon hat Cordula eine Hand am Kühlschrankgriff, um ihn zu öffnen.

Paul richtet sich auf, auch er bleibt beharrlich. »Darf ich den Kühlschrank vielleicht so abtauen, wie ich es will?«

Sie schauen sich tief in die Augen, wie zwei alte Kampfhunde. »Du brauchst nicht immer gleich patzig zu werden, ja? Nicht alles, was ich sage, ist Blödsinn!«

Paul gibt nach und macht den Kühlschrank einen Spaltbreit auf. Der Inhalt drückt gegen die Türe, sie würde ganz aufgehen, würde Paul nicht vor ihr stehenbleiben und sich dagegen lehnen.

Eins zu null für Cordula. Zufrieden über ihren kleinen Sieg geht sie zur Spüle, nimmt die Espressomaschine, schraubt sie auf und will den Kaffeesatz ausklopfen. Aber der Einsatz fällt mit in den Müll. Cordula ärgert sich über sich und wühlt das Teil wieder aus dem Eimer heraus.

Angespannt sieht Paul seiner ungeschickten Mutter zu. »Was willst du denn von Gabi?«

Cordula nimmt eine Dose Espresso und füllt den Filtereinsatz. »Ach, mir ist eben eine Skulptur in der Galerie umgefallen.«

Paul wirft einen kurzen vorsichtigen Blick in den Kühlschrank, kneift aber sofort wieder die Augen zusammen: »Und was hat das mit Gabi zu tun?«

Cordula versucht nun, die Espressomaschine wieder zuzuschrauben. »Na, Gabi hat doch eine Haftpflichtversicherung. Sie könnte doch einfach sagen, sie sei in der Galerie gewesen, sei umgeknickt und in die Skulptur gefallen.«

Endlich hat sie die Maschine fest zugeschraubt und geht mit ihr zum Herd, der auf der anderen Seite der Küche steht. »Sie hat doch diese Plateauschuhe, diese hohen. Mit denen kann doch sowieso kein Mensch laufen. Das glaubt die Versicherung bestimmt.«

»Ich glaube nicht, daß Gabi das tut. Nicht mehr.«

»Warum nicht?« Cordula legt den Gasanzünder wieder weg, sieht zu Paul und will eine Erklärung für die Ablehnung.

»Letztes Jahr hat sie sich auf deine Brille setzen müssen, dann mußte Max dir in den Kotflügel fahren, weil du das Garagentor gestreift hast. Und... was war das noch mal mit Gisela? Ach ja, der Wasserschaden! Das reicht, Mama, findest du nicht?«

Beleidigt dreht sich Cordula zum Herd und entzündet die Flamme. »Dann lasse ich mir eben was anderes einfallen!«

»Ja. Tu das«, pflichtet Paul ihr bei, sie reizt ihn immer mehr. »Ist noch was?«

Cordula läßt den Drehknopf des Gasherdes zu früh los, die Flamme erlischt wieder. Argwöhnisch sieht sie ihren Sohn an: »Also, irgendwas ist mit dir los...«

Paul schließt mühevoll den Kühlschrank, erst beim

zweiten Versuch bleibt die Tür geschlossen. Ohne sich etwas anmerken zu lassen, geht er auf seine Mutter zu und stellt sich in Kampfhaltung vor ihr auf. Die beiden langen Nasen sind jetzt nur wenige Zentimeter voneinander entfernt.

»Hör mal zu, Mama. Du kommst hier rein, ohne anzurufen, schließt einfach auf, obwohl du ganz genau weißt, daß ich das hasse, weckst mich, und dann gibst du mir auch noch gute Ratschläge, wie ich meinen Kühlschrank abzutauen habe. Das reicht! Und jetzt laß mich bitte wieder allein!«

Das hat gesessen. Cordula sieht verlegen umher. Schließlich nimmt sie indigniert Tasche und Mantel vom Stuhl, dreht sich um und verläßt die Küche, ohne ein weiteres Wort zu verlieren.

Paul geht ihr ein Stück hinterher. »Ruf halt das nächste mal an, bevor du kommst. Dann bin ich auch der Sohn, den du gerne hättest.«

Cordula nickt nur kurz und geht weiter. Die Tür fällt ins Schloß. Paul atmet tief durch und blickt zum Kühlschrank. Da klingelt es. Paul eilt zur Wohnungstür, bereit, seiner Mutter so richtig den Kopf zu waschen.

■ ■ ■

Schwungvoll öffnet Paul seine Wohnungstür. Vor ihm steht aber nicht Cordula, sondern Max, beladen mit einer Tasche, einem großen Rucksack, einem Tapeziertisch und der randvoll gefüllten Plastiktüte eines Drogeriemarktes. Max schaut Cordula nach, dann dreht er sich vorsichtig zu Paul um. Die beiden sehen sich zerknirscht an. Ihnen scheint der vorherige Streit leid zu tun.

»Hi.« Max wirkt unsicher.

Paul schaut verlegen auf und grüßt zurück. »Hi.«

Paul räuspert sich. Max holt tief Luft. Beiden fällt es schwer, etwas zu sagen.

»Tut mir leid«, schallt es gleichzeitig aus beider Mund. Sie atmen erleichtert auf. Und sofort bessert sich die Stimmung.

Max deutet Richtung Treppenhaus, wo unten gerade die Haustüre hinter Cordula zufällt. »Hast du's ihr gesagt?«

Paul schüttelt den Kopf, nimmt Max am Arm und zieht ihn in die Wohnung. Max drückt ihm die Drogeriemarkttüte in die Hand und geht mit dem restlichen Gepäck an der Garderobe vorbei in die Küche.

Paul schaut verwundert in die Plastiktüte und wird blaß. Er folgt Max, der seinen Rucksack mit der Getreidemühle auf einem der Küchenstühle abstellt. Die restlichen Sachen legt er daneben auf den Boden.

Paul holt eine Flasche Abflußreiniger aus der Plastiktüte und blickt fragend zu seinem Freund.

Max überlegt kurz, dann meint er: »Setz dich doch...«

Wie benommen setzt sich Paul an den Küchentisch und sieht ungläubig auf die Flasche Abflußreiniger in seiner Hand.

Max geht zum Kühlschrank, dreht sich um und

beginnt langsam und leise, aber sehr entschlossen auf Paul einzureden: »Wenn wir das hinbekommen wollen, dürfen wir uns nicht mehr bekriegen. Klar?«

Paul nickt.

»Wenn man Leichen vergräbt, werden sie irgendwann gefunden. Ja?«

Paul nickt wieder.

»Also darf Gabi erst gar nicht wieder auftauchen.« Max hält kurz inne, denn jetzt kommt der Satz, der ihm am schwersten fällt. »Also muß sie so verschwinden, daß man sie nie mehr finden kann. Ja?«

Paul nickt abermals. Da erst merkt er, worauf sein Freund hinauswill. Er reißt die Augen auf und muß schlucken.

Max zieht seinen Mantel aus, geht zum Tisch und legt ihn dort über die Stuhllehne. Ganz beiläufig deutet er auf einen Mixer auf der Küchenanrichte.

»Tut's der noch?«

Paul sieht zum Mixer und nickt. Seine Augen werden größer und größer.

■ ■ ■

Paul und Max stehen beide im Bad, sie haben nur noch ein Unterhemd an. Max zieht sich gerade ein paar medizinische Gummihandschuhe über. Äußerst zögerlich tut es Paul ihm nach.

Max hat auf der Waschmaschine einige medizinische Geräte zurechtgelegt: Sägen, verschiedene, sehr sonderbar gebogene Messer und weitere Gerätschaften, deren Zweck nicht auf den ersten Blick zu erkennen ist. Er nimmt sich ein eingeschweißtes Skalpell und holt es aus der Plastikverpackung.

Mit einem Blick kontrolliert er die Schärfe und reicht es dann an Paul weiter. Der hält die Hände nach oben, als müsse ihm eine OP-Schwester vor der Operation noch die Schürze zubinden. Er nimmt widerwillig das Skalpell entgegen und sieht dann ganz langsam nach unten.

Vor ihm liegt die Leiche, die die beiden auf einer alten Tür aufgebahrt haben, die ihrerseits auf der Badewanne liegt. Paul setzt zaghaft das Skalpell an, er müßte jetzt nur noch drücken. Aber er zögert. Hilfesuchend blickt er Max an. Aber auch ihm, dem Chirurgen, steht der Angstschweiß im Gesicht. Trotzdem versucht er seinen Freund zu beruhigen und die Situation etwas zu entschärfen.

»Stell dir einfach vor, es sei was anderes... weiß nicht... 'ne Lammkeule... 'n Fisch oder so.«

Aber Paul kann mit der hilfreich gemeinten Bemerkung nichts anfangen: »Ich kann das nicht.« Dann legt er das Skalpell neben Gabi ab.
»Was sollen wir denn sonst machen?« will Max wissen.
Paul zieht die Schultern hoch. »Ich weiß nicht. Aufgeben. Abhauen...«
»Wo willst du denn hin?«
Paul überlegt kurz, dann sieht er Max verlegen an. »Südamerika?«
»Ach Paul, du kannst doch nicht mal Spanisch.«
Das Telefon läutet. Paul reagiert sofort. Nichts ist ihm lieber, als so schnell wie möglich aus dieser Situation herauszukommen.
»Ich geh' schon«, sagt er zu Max und ist schon auf dem Weg in den Flur. Max möchte auch nicht allein bei Gabi zurückbleiben.
»Moment!« ruft er ihm nach und rennt hinterher.

■ ■ ■

Im Laufschritt erreicht Paul das Telefon und hebt ab. Max stellt sich hinter ihn und lehnt das Ohr an den Hörer, um mithören zu können.
»Hallo?« meldet sich Paul etwas außer Atem.
Es ist wieder die geübte Telefonstimme aus der Redaktion: »*Die Gabi würd' ich gern sprechen.*«
Paul überlegt kurz: »Äh, ja... die ist gerade im Bad. Kann ich ihr was ausrichten?«
»*Wir warten schon seit heute morgen auf ihren Artikel!*« Die Frau am Telefon macht keinen Hehl daraus, daß sie genervt ist.
Paul ist übertrieben freundlich: »Oh... Ja! Wann muß er denn da sein?«

»Sagen sie ihr: jetzt!!«
»Gut, mach ich... Wiederhören.«
Paul legt auf und sieht Max ratlos an.
»Was ist los?« will der wissen, denn das mit dem Mithören hat nicht so recht geklappt.
»Die Redaktion wartet auf einen Artikel von Gabi.«
Paul läßt die Schultern sinken.
Max bewegt sich schon in Richtung Gabis Schreibtisch. »Laß uns in ihrem Computer nachschauen, welche Datei zuletzt abgespeichert wurde, und ich bring' sie schnell hin.«
Paul hält Max auf. »Nein, Max! Man darf dich nicht mit der Sache in Verbindung bringen. Das muß ich schon machen.«
Flugs verschwindet Paul im Schlafzimmer. Max sieht ihm nach, jetzt hat er den Schwarzen Peter gezogen. Sehr langsam geht er zurück zum Badezimmer.

■■■

Max steht alleine vor der Leiche. Er nimmt das Skalpell und setzt von neuem an. Er dreht sich weg, öffnet die Augen nur einen winzigen Spalt weit und versucht, den ersten Schnitt zu machen. Aber auch er kann sich nicht überwinden. Max wischt sich den Schweiß von der Stirn.
Er dreht sich zur Toilette; auf dem Klodeckel steht der Mixer. Da der Deckel fehlt, liegt eine weiße Untertasse als Abdeckung auf dem Glasaufsatz. Neben dem Klo stehen sorgsam aufgereiht die insgesamt elf Plastikflaschen mit Abflußreiniger.
Max legt das Skalpell neben Gabi und geht zum Mixer, um seine Funktionsfähigkeit zu überprüfen. Vorsicht legt er den Hauptschalter um. Aber nichts

tut sich. Er rüttelt daran, dreht den Schalter mehrmals hin und her, aber der Mixer versagt weiterhin seinen Dienst. Richtig erleichtert darüber, verläßt er eilig das Bad.

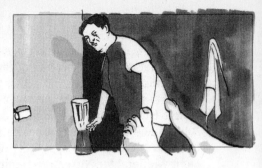

■ ■ ■

Paul sitzt auf dem Bett, vor sich Gabis Laptop. Er legt eine Diskette ein und drückt eine Tastenkombination, dann steht er auf und zieht sich hastig eine Hose über.

Da erscheint Max in der Tür, er sieht verärgert aus.

»Der Mixer geht doch nicht. So kann ich nicht arbeiten! Da brauchen wir gar nicht erst anzufangen, wenn der nicht funktioniert.«

Die Datei ist gespeichert. Paul drückt eine weitere Taste und dreht sich dann zu Max um: »Klar funktioniert der. Der ist ganz neu vom Flohmarkt.«

Max keift ihn an: »Der tut's eben nicht! Hast dich mal wieder bescheißen lassen.«

Da steht Paul auf, geht bedächtig zu Max und legt ihm die Hände auf die Oberarme. »Ganz ruhig. Nicht bekriegen. Hast du selbst gesagt.«

Max senkt den Blick »Sorry...«

Paul geht zurück zum Computer und holt die Diskette aus dem Laptop. »Du mußt das Licht anmachen, sonst hat die Steckdose keinen Strom.«

Max nickt und geht unzufrieden zurück zum Badezimmer. Der Gang erscheint ihm unerträglich lang. Vor dem Badezimmer angekommen, legt er seine Hand auf den Lichtschalter. Ängstlich schaut er zum Mixer, der mit der Untertasse darauf eigentlich völlig harmlos aussieht.

Er legt den Lichtschalter um, der Flur leuchtet im rötlichen Licht der Lampe über der Tür. Im gleichen Augenblick heult erbarmungslos der Mixer auf. Sofort dreht sich Max angewidert weg und löscht das Licht wieder. Der Mixer verstummt.

■ ■ ■

Paul hat sich sein Fahrrad auf die Schulter gehoben und steht an der Eingangstür. Ein dicker Schal schützt seinen Hals vor der kalten Witterung.

Gerade will er die Tür öffnen, als Max um die Ecke biegt. Paul schaut ihn an, dann sieht er betreten zu Boden. Er ist froh, die Wohnung verlassen zu können, und das ist ihm vor seinem Freund, dem das völlig klar ist, peinlich. Aber Max nickt ihm trotzdem aufmunternd zu: »Also, viel Glück!«

»Danke...«, gibt Paul artig zurück, lächelt ihn an und verläßt die Wohnung. Max schließt die Türe hinter ihm.

■ ■ ■

Paul hastet das Treppenhaus hinunter. Auf einem Absatz sitzt der schweißgebadete Rüdiger auf seinem riesigen Schrank und atmet heftig durch. Er ist gerade dabei, das Monstrum wieder nach oben zurück in seine Wohnung zu transportieren.

Paul rennt mit Fahrrad an ihm vorbei. Rüdiger will ihm etwas nachrufen, ist aber zu erschöpft, um von

Paul verstanden zu werden. Als Paul außer Reichweite ist, schüttelt er nur fassungslos den Kopf.

■■■

Max steht am Küchenfenster und beobachtet, wie Paul das Haus verläßt und sich auf sein Fahrrad schwingt. Er tritt sofort heftig in die Pedale und ist weg.

Max geht zum Küchenschrank, öffnet ihn und holt eine fast volle Flasche Whiskey heraus. Er schraubt sie auf und nimmt, ohne zu zögern, einen tiefen Schluck. Er atmet tief durch, dann schraubt er die Flasche wieder zu und verläßt mit ihr die Küche.

Langsam, als wäre es sein Weg zum Schafott, geht er zurück zum Badezimmer. Der Whiskey baumelt wie ein Colt in seiner Hand.

Am Badezimmer angelangt, schaltet er das Licht an. Der Mixer heult sofort wieder laut auf. Ohne sich dadurch aus der Ruhe bringen zu lassen, schließt Max die Tür hinter sich. Über ihr leuchtet in strahlendem Rot das alte Pissoirschild.

Der kleine Email-Halbmond oberhalb der Klinke des alten Toilettentürschlosses wechselt langsam von Weiß auf Rot.

■■■

Paul rast mit dem Fahrrad durch die Neue Schönhauser Straße. Bagger rollen, Schweißgeräte versprühen Funken, Schlagbohrer hämmern, die ganze Straße ist wieder mal aufgerissen. Paul murmelt Unverständliches vor sich hin. Gestern noch hätte es ihn ein mildes Lächeln gekostet, in Gabis Büro eine Diskette abzugeben. Heute aber könnte ihm schon ein einfacher Satz zum Verhängnis werden. Also nutzt er die Fahrradfahrt, um sich auf das Treffen vorzubereiten.

»Guten Tag, ich bin der Freund von Gabi Schulz, ich soll hier was abgeben...« Nein, so nicht. Also noch mal von vorne.

»Entschuldigen Sie, wo ist denn bitte das Büro von Herrn Beck? Ich soll ihm nämlich... Scheiße!« Er wird immer unsicherer. »Wo finde ich denn bitte Herrn Beck? Ich hab' hier eine Diskette...« Und so weiter. Er ist nie zufrieden mit sich.

Schließlich hat er das Verlagshaus erreicht. Er lehnt sein Fahrrad an ein Verkehrsschild, um es dort abzuschließen. Da erst merkt er, daß er das Vorhängeschloß zu Hause vergessen hat. Das Fahrrad unabgeschlossen stehenzulassen, möchte Paul an diesem ausgesprochenen Glückstag lieber nicht riskieren. Also hebt er es sich erneut auf die Schulter und nimmt es mit hinein in die Vorhalle.

Am Ende eines langen Ganges rattert ein alter Paternoster vor sich hin. Das Fahrrad paßt natürlich nicht in die für maximal zwei Personen ausgelegte Kabine. Also lehnt er es an die Wand rechts daneben, wickelt seinen Schal um den Lenker und stellt sich vor den ratternden Aufzug.

Da kommt Heribert den Gang entlanggelaufen. Er trägt eine mit Weinflaschen gefüllte Holzkiste. Gleichzeitig mit Paul betritt er eine der Kabinen.

Die beiden drehen sich zueinander und lächeln sich kurz an, ehe sie sich ganz dem gepflegten Aufzugschweigen hingeben.

Heribert jedoch ist etwas irritiert: Den jungen Mann neben sich kennt er doch irgendwoher! Aus dem Augenwinkel heraus fängt er vorsichtig an, Paul zu beobachten, der seinen Blick starr geradeaus richtet.

Jetzt fällt Heribert wieder ein, woher er das Gesicht seines Kabinennachbars kennt: Das war doch der Betrunkene, der ihm am Vorabend in Gabis Hinterhof entgegengetorkelt ist! Hat er ihn etwa erkannt und ist deshalb hier? Heribert hat ein immer mulmigeres Gefühl in der Magengrube.

Ausgerechnet in diesem Moment klingelt sein Handy in der Reverstasche. Mit der Kiste in der Hand weiß er aber nicht, wie er den Anruf entgegennehmen soll. Er  sieht verlegen zu Paul, der sich wortlos anbietet, ihm die Kiste kurz abzunehmen. Heribert lächelt freundlich zurück, reicht ihm die Kiste und geht ans Handy.

»Beck?... Ach, du bist's, Jutta, ich komm gerade vom Spanier... Nein! Ja... o.k. Bis später.«

Heribert legt auf und steckt das Handy wieder ein. Dann dreht er sich zu Paul und nimmt ihm abermals übertrieben freundlich nickend die Kiste wieder ab. »Danke.«

Paul ist bei Erwähnen des Namens Beck seinerseits hellhörig geworden. »Sie sind Herr Beck? Heribert Beck?«

Heribert weiß nicht, was er sagen soll. Nach kurzem Zögern antwortet er verunsichert: »Ja... Warum?«

Paul möchte die Sache mit der Diskettenübergabe so schnell wie möglich hinter sich bringen: »Ich soll Ihnen was geben. Von Frau Schulz.«

»Von wem?« fragt Heribert ungläubig.

»Von Frau Schulz!« wiederholt Paul. »Gabi Schulz. Eine Diskette. Hier.« Paul holt die Diskette aus seiner Jackentasche und legt sie oben auf die Weinkiste. Heribert schaut sie völlig konsterniert an. Paul sieht sich durch den irritierten Blick nun seinerseits genötigt, eine Erklärung hinzuzufügen. »Tja... Gabi geht's nicht gut, sie hat furchtbar Kopfschmerzen. Da bin ich schnell eingesprungen.« Paul streckt ihm die Hand hin. »Halbmeyer, Paul Halbmeyer. Ich bin ihr Freund.«

Heribert stutzt, hält die Kiste mit Hilfe seines Knies in Balance und gibt ihm die frei gewordene Hand. Er bemüht sich, ihn anzulächeln, was ihm nicht ganz gelingt. »Sehr erfreut...«

Paul nickt ebenso verunsichert zurück. Die beiden haben vor lauter Irritation nicht bemerkt, daß sie bereits den fünften Stock passiert und somit den Ausstieg vor der Kabinenumkehr verpaßt haben. Mit lautem Rattern schiebt sich die Kabine durch den dunklen Schacht um die obere Achse und wechselt die Fahrtrichtung.

Paul versucht weiterhin, die merkwürdige Situation zu überspielen. »Tja, Sie haben ja, was Sie brauchen. Ich muß leider wieder los... einkaufen. Die Geschäfte machen zu.«

Heribert nickt ihm gedankenverloren zu. Das ist ihm alles viel zuviel. War Gabi doch nicht tot, als er die Wohnung verließ? Er zweifelt an seinem Wahrnehmungsvermögen. Er dreht sich zu Paul. »Ich bring' Sie noch schnell nach unten.«

»Oh... Danke.«

Keiner der beiden bemerkt, wie sonderbar sich der andere benimmt. Vollkommen mit sich selbst beschäftigt, blicken beide vor sich hin.

Sie passieren den vierten Stock, in dem reges Leben herrscht. Zwei Bauarbeiter würden gern den Weg nach unten antreten, müssen aber auf die nächste Kabine warten, was sie mit einem genervten Blick quittieren. Schließlich dreht sich Heribert wieder zu Paul. Er muß wissen, was genau geschehen ist. »Gabi hat Kopfschmerzen?«

»Ja, ganz schlimm. Seit gestern abend schon.« Mit seinen großen, treuen Augen versucht Paul, dem Satz die nötige Glaubwürdigkeit zu verleihen.

»Seit gestern abend?« Heribert scheint immer irritierter zu werden.

Paul schmückt seine Geschichte weiter aus: »Ja, sie hat die ganze Nacht kein Auge zugemacht, die Arme.« Damit hat Paul ja sogar ausnahmsweise einmal recht.

»Aber sonst geht's ihr gut?« fragt Heribert weiter.

»Wie bitte?«

Heribert merkt, daß er sich ungewollt tiefer in die Karten hat schauen lassen, als er wollte, und erfindet nun seinerseits schnell eine Erklärung, um seinen Satz zu relativieren.

»Na ja... ich meine... es gibt so Krankheiten, die fangen mit Kopfschmerzen an, und am nächsten Tag geht's dann erst richtig los.«

»Nönö, nur Kopfschmerzen. Sonst nichts.«

Heribert atmet erleichtert durch, was Paul erst recht irritiert. Stille. Nach einer halben Ewigkeit erreichen die beiden endlich das Erdgeschoß. Paul springt eilig aus der Kabine zu seinem Fahrrad, lange bevor die richtige Austiegshöhe erreicht hat.

»Tschüs«, verabschiedet er sich etwas zu flappsig.

»Wiedersehen...«

Heribert überlegt kurz, springt dann aber mit Weinkiste aus dem Paternoster. Er muß einen großen Schritt machen, um überhaupt noch aus der Kabine zu kommen. »Ach, glauben Sie, Gabi ist morgen wieder auf'm Damm?«

Paul dreht sich vorsichtig zu Heribert zurück. Nur jetzt keinen Fehler mehr machen! »Klar... Warum?«

Paul wickelt seinen Schal vom Lenker und bindet ihn sich um den Hals. Dann nimmt er das Fahrrad von der Wand und wendet es, um es hinaustragen zu können.

Währenddessen besteigt ein älterer Mann den Paternoster. Er nickt Heribert freundlich zu, der grüßt überschwenglich zurück: »Gut Tag!« Dann redet er weiter auf Paul ein. »Wegen des Interviews.«

Paul sieht ihn irritiert an.

»Na, sie hat doch morgen das Interview mit dem Dorelli-Quartett. Das wird sie doch nicht vergessen haben?«

»Wer weiß? Man vergißt ja leicht mal was... Erst recht bei Kopfschmerzen. Wo soll denn das Interview stattfinden?« Etwas Besseres ist ihm auf die Schnelle nicht eingefallen, um herauszufinden, wovon Heribert spricht.

»Im Funkturm.«

Paul tut jetzt so, als wisse er doch Bescheid. »Ah

doch, jetzt fällt's mir wieder ein: das Dorelli-Quartett im Funkturm. Um fünf.«
»Um drei!« korrigiert ihn Heribert.
»Um drei, genau, um drei. Wissen Sie, ich verwechsle das immer: fünf Uhr, fünfzehn Uhr. Ich richte ihr das aus.«
Paul beginnt sein Fahrrad Richtung Ausgang zu schieben. Heribert ruft ihm hinterher. »Soll ich nicht lieber jemand anderen einteilen?«
Aber um keinen Verdacht zu erregen, winkt Paul ab: »Ach was, das wird sie schon packen! Also, Wiedersehen.«
Paul nickt Heribert ein letztes Mal freundlich zu, dann schultert er sein Fahrrad und geht zurück in die Vorhalle. Er ist froh, als er das Verlagshaus endlich wieder verlassen hat.
Heribert sieht völlig verwirrt zu, wie Paul davonradelt. Daß er immer noch die Weinkiste in Händen hält, scheint ihm schon lange nicht mehr bewußt zu sein.

■■■

Pauls Wohnungstür geht auf, er kommt mit seinem Fahrrad auf der Schulter rein. Er lehnt das Rad im Gang gegen die Wand und zieht sich langsam die Jacke aus.
Aus dem Badezimmer hört er, wie gerade die Klospülung betätigt wird. Das Geräusch läßt ihn schaudern. Trotzdem überwindet er sich, holt tief Luft und geht zur Badezimmertür.
Gerade will er anklopfen, als im Inneren der Mixer aufheult. Kurz darauf geht erneut die Klospülung. Paul schüttelt sich angewidert. Vorsichtig hebt er ein weiteres Mal die Hand, um bei Max anzuklopfen.

Aber das unbarmherzige Geräusch des Mixers läßt ihm keine Chance. Er wendet sich ab und flüchtet ins Arbeitszimmer.

Was soll er jetzt tun? Verzweifelt blickt er sich im Zimmer um. Hinter dem Zeichenbrett sieht er einen Staubsauger. Er nimmt ihn, schaltet ihn ein und fängt langsam damit an, den Boden abzusaugen. Gleichmäßig läßt Paul den Sauger über die Dielen gleiten, auf denen jede Menge kleine Papierschnipsel vom Modellbau herumliegen. Das Brummen des Staubsaugers schafft es aber leider nicht vollständig, das Surren und Schmatzen des Mixers zu übertönen.

Mit dem Saugschlauch bleibt er an einem großen geflochtenen Behältnis hängen, dem Papierkorb. Er will ihn etwas zur Seite schieben, aber der Korb rutscht immer wieder zurück, bis Paul wütend darüber wird und anfängt, heftig darauf einzudreschen. Völlig außer Atem schmeißt er das Saugrohr schließlich zu Boden. Kopfschüttelnd schließt er die Augen. Da hört er, wie der Mixer wieder angeht. Resigniert schaut er zum Badezimmer.

■ ■ ■

Rüdiger steht kopfüber in seinem Wohnzimmer, sein schütteres Haar liegt auf dem Perserteppich: Er macht gerade einen Kopfstand.

Das Zimmer ist akribisch geordnet, aber total überladen. In und auf den Möbeln stapeln sich unzählige Flohmarktfunde und Kartons. Irgendein bestimmter Stil oder eine Geschmacksrichtung seiner Sammlung ist dabei nicht zu erkennen.

Neben einem meterhohen Stapel zerlesener Zeitschriften türmen sich Berge von Mineralwasserflaschen und -kästen. Rüdiger wollte sie bei der Loveparade absetzen, wie so viele, um damit sein Glück zu machen. Dieses Jahr hat es nicht so recht geklappt, aber so hat er den Vorteil, für das nächste Jahr bereits bestens präpariert zu sein.

Rüdiger unterbricht seine gleichmäßigen, überlauten Atemübungen, als er von unten ein leises Surren und kurz darauf die Klospülung hört. Er runzelt die Stirn und wundert sich.

Er bricht den Kopfstand etwas zu abrupt ab und knallt seitlich auf den Boden. Darauf schlägt er die drei übereinanderliegenden Teppiche zurück und legt sein Ohr direkt aufs Parkett. Wieder hört er das leise Surren, dann das Glucksen der Wasserspülung. Er überlegt und beginnt, sich auf das ungewöhnliche Verhalten seines Nachbarns einen Reim zu machen.

Es ist inzwischen Nacht geworden. Ein Wischmop gleitet gleichmäßig über den Fußboden. Den ganzen Nachmittag, während Max im Bad beschäftigt war, hat Paul aufgeräumt und saubergemacht. Nun ist die Wohnung so sauber und ordentlich, wie sie es wohl nicht mal beim Erstbezug vor hundert Jahren gewesen ist.

Die Küche hat Paul sich zum Schluß vorgenommen. Den Kühlschrank hat er zur Sicherheit gleich zweimal desinfiziert. Es dürfen ja keine Spuren bleiben. Vor allem aber hat er vor einem Angst: vor dem untätigen Nichtstun. Bloß nicht realisieren, was da in seiner Wohnung eigentlich gerade geschieht.

Max betritt die Küche, nach wie vor in Unterwäsche. Er schleppt einen riesengroßen Kochtopf. An den Händen hat er immer noch die medizinischen Gummihandschuhe, die sonderbar sauber geblieben sind.

Als sich beider Blicke treffen, lächelt Paul verlegen. Max geht an ihm vorbei, wuchtet den Topf auf den Herd und entzündet eine der vier Flammen des Gasherdes. Paul beobachtet besorgt, was sein alter Freund da gerade macht, wischt dann aber schnell weiter, um es gar nicht so genau zu erfahren.

Max dreht sich zu Paul um. Er ist sichtlich genervt, diese unglaublich Arbeit bisher alleine verrichten zu müssen. Harsch fragt er Paul: »Wie lief's in der Redaktion?«

Paul unterbricht seine Wischaktion. »Beschissen: Gabi soll morgen ein Interview machen.«

Max zündet noch eine zweite Flamme an und schiebt den riesigen Topf darauf. »Na ja, dann ist sie eben auf dem Weg dahin verschwunden.«

Paul kann die Gelassenheit von Max nicht verstehen. »Und wie wollen wir das beweisen?«

Max hebt die Arme, als wolle er mit all dem nichts mehr zu tun haben. »Jedes Problem nach und nach, Schritt für Schritt!«

Paul überzeugt diese Bemerkung nicht wirklich. Max dreht sich zu Paul. »Schaust du bitte, daß da nichts überkocht?«

»Mach' ich.«

Sofort weicht er wieder Max' Blick aus und beugt sich schnell zu seinem Wassereimer, um den Wischmop auszuwringen. Max stellt sich neben Paul und wartet, bis dieser zu ihm aufsieht. Paul weiß, daß er nun nicht mehr umhin kommt, etwas zu sagen.

»Tut mir leid, aber... es geht nicht... Ich kann dir nicht helfen.«

»Glaubst du, mir fällt das leicht?«

Doch Paul blickt schon wieder in den Eimer. Er kann sich der Situation einfach nicht stellen. Max bemerkt, daß Paul am Rande eines Zusammenbruchs steht. Nachhaltig böse konnte er ihm sowieso noch nie sein. Also beschwichtigt er ihn lieber und macht ihm in fast väterlichem Ton einen Vorschlag. »Wir sollten was essen. Das beruhigt.«

Paul findet diese Bemerkung reichlich pervers: »Wie kannst du jetzt an Essen denken?«

Paul steht schnell auf und wischt den Boden weiter. Max aber insistiert. »Ich hab' Hunger! Ich hab' den ganzen Tag nichts gegessen.«

»Gut, dann koch' ich dir was!«

Max schüttelt den Kopf, er kennt Pauls Einkaufsge-
wohnheiten nur zu gut: »Du hast doch sicher nichts
da außer Nudeln.«

»Dann ruf' ich eben beim Pizzadienst an!« Paul
läßt den Wischmop weiter über den Küchenboden
gleiten.

Aber Max läßt auch diesen Vorschlag nicht gelten:
»Ich will nicht in der Wohnung essen. Ich muß hier
mal raus! Ich brauch' einfach mal 'ne Pause!«

Paul unterbricht das Wischen, sieht auf und willigt
schließlich ein. »Na gut.«

■ ■ ■

Paul und Max gehen schweigend durch den Hinterhof. Ein junger Nachbar aus dem Seitenflügel
kommt ihnen entgegen. Sie nicken sich kurz zu.

Im dritten Stock wird jetzt ganz vorsichtig ein Vorhang zur Seite geschoben: Rüdiger beobachtet Paul
und Max beim Verlassen des Hinterhofes. Er überlegt, geht dann zu einer Kiste neben seinem Klei-
derschrank und kramt darin herum, bis er endlich
einen Drahtkleiderbügel herausfischt.

Den biegt er sich zurecht, dann geht er in seinen
Flur zur Garderobe, greift in die Innentasche seines
zotteligen grauen Mantels und bringt eine Scheckkarte zum Vorschein. Bügel und Karte versteckt
er unter seinem Pullover. Nur mit Filzpantinen be-
kleidet, öffnet er leise seine Wohnungstür, horcht,
schließt sie hinter sich und schleicht langsam die
Treppe hinunter.

Vor Pauls Türe bleibt er stehen. Er schaut sich um,
dann holt er den verbogenen Kleiderbügel und

die Scheckkarte wieder zum Vorschein. Vorsichtig schiebt er die Karte zwischen Tür und Türrahmen und fängt an, mit dem Bügel in der Türritze herumzustochern.

In diesem Moment kommt Cordula die Treppe herauf. Sie hat einen riesigen, üppig mit Delikatessen beladenen Präsentekorb im Arm, womit sie sich bei ihrem Sohn für ihren vormittäglichen Fehltritt entschuldigen will. Als sie um den Treppenabsatz biegt, beobachtet sie Rüdiger, wie der sich eifrig an Pauls Türschloß zu schaffen macht.

Sie bleibt überrascht stehen und schaut ihm einen Augenblick reichlich verwundert zu. Rüdiger ist so in seiner Arbeit vertieft, daß er Cordulas Anwesenheit gar nicht bemerkt hat. Schließlich geht Cordula weiter und spricht ihn an.

»Was machen Sie denn da?«

Rüdiger fährt erschrocken zusammen und dreht sich ruckartig um. »Oh... äh... ich...«

Er schaut Cordula verlegen an, die inzwischen vor ihm angelangt ist; zwischen den beiden befindet sich nur noch der Geschenkkorb. Rüdiger merkt, daß er noch den Drahtbügel in der Hand hält, und läßt ihn schnell hinter seinem Rücken verschwinden.

Ohne sich zur Türe umzudrehen, versucht er verzweifelt, die Scheckkarte aus dem Türspalt herauszuziehen. Aber sie klemmt und läßt sich nicht bewegen. Es bleibt ihm nichts anderes übrig, als sich stammelnd zu verteidigen.

»Es ist nicht so, wie es aussieht, äh... ich... Ich wohne hier einen Stock drüber, und ich wollte nur nachsehen, ob...«

»Ob die Wohnung hier genauso geschnitten ist wie Ihre?!« ergänzt Cordula scharf.

Rüdiger versucht weiterhin verzweifelt, die Scheckkarte hinter seinem Rücken zu befreien, was Cordula nicht verborgen bleibt. Als sie hinter ihn sieht, blickt Rüdiger resigniert auf den Boden, tritt einen Schritt zur Seite und gibt den Blick auf die eingeklemmte Karte frei. Die Situation ist ihm furchtbar peinlich. »Die Scheckkarte geht nicht mehr raus...«

Cordula traut ihren Augen nicht: Allem Anschein nach hat sie da gerade einen Einbrecher in flagranti ertappt.

»Halten Sie!« sagt sie, drückt Rüdiger den Korb in die Hand, schiebt ihn von der Tür weg, holt den Wohnungsschlüssel aus ihrer Tasche und schließt auf. Dabei nimmt sie die Scheckkarte heraus und sieht sie sich genau an. Rüdiger ist die Situation so peinlich, daß er Cordula mit offenem Mund anstarrt. Die sieht ihn immer schärfer an.

»Jetzt hören Sie mir mal gut zu, Herr...« Sie unterbricht sich, um den Namen auf der Scheckkarte genau zu lesen. »...Rüdiger Zetsche: Wenn bei meinem Sohn jemals eingebrochen werden sollte, dann mache ich Sie dafür verantwortlich. Ich reiß' Ihnen den Arsch auf! Ganz egal, ob Sie es waren oder nicht. Haben Sie mich verstanden?«

Damit steckt sie Rüdiger die Karte in den Mund und nimmt den Korb zurück.

Rüdiger schüttelt den Kopf und versucht ein letztes Mal, sein Verhalten zu rechtfertigen, diesmal mit vollem Mund: »Ef ift nift fo, wie ef auffieht...«

»Ob Sie mich verstanden haben?« will Cordula wissen.

Rüdiger nimmt die Scheckkarte aus dem Mund, nickt endlich und geht verschämt wieder die Treppe hoch. Cordula lächelt triumphierend. Nach diesem beschissenen Tagesbeginn kam ihr Rüdiger gerade recht, damit sie sich endlich etwas Luft machen konnte.

■■■

Cordula betritt die Wohnung und will die Tür mit dem Fuß hinter sich wieder schließen. Doch sie fällt nicht ins Schloß. Als Cordula schon um die Ecke Richtung Küche gebogen ist, geht sie knarrend wieder ein Stück weit auf.

Sie betritt Pauls Küche. Daß alles plötzlich so schön sauber und aufgeräumt ist, überrascht sie sehr. Den Korb stellt sie mitten auf den Küchentisch, holt ein gefaltetes Kärtchen samt Kuli aus der Handtasche, klappt es auf und schreibt ›Es tut mir leid! C.‹ darauf. Dabei bockt der Stift schon wieder, ihr ›C.‹ muß sie richtiggehend eingravieren.

Schließlich gelingt es ihr, und sie stellt das Kärtchen so vor dem Korb auf, daß man es beim Betreten der Küche gleich sehen kann.

Die Karte allerdings bleibt nicht stehen, sondern rutscht weg. Cordula versucht mehrfach, sie wieder adrett aufzustellen, aber das Kärtchen bleibt stur. Irgendwann gibt Cordula genervt auf und sieht sich um.

Der Deckel auf dem großen Kochtopf klappert leise.

Paul und Max haben den Topf auf ganz kleiner Flamme weiterköcheln lassen, solange sie beim Essen sind. Cordula sieht den großen Topf und geht zum Herd. Sie nimmt den Deckel ab.

Eine große, heiße Dampfwolke steigt ihr entgegen. Vorsichtig wedelt sich Cordula den aufsteigenden Wasserdampf ins Gesicht und riecht daran. Sie kann sich so recht keinen Reim auf das köchelnde Süppchen machen.

Kurz entschlossen schnappt sie sich einen hölzernen Kochlöffel aus einem Tonkrug neben dem Herd. Damit schöpft sie einen klein bißchen Suppe aus dem Topf, führt  den Löffel vorsichtig zum Mund, kühlt ihn pustend und probiert dann. Die Suppe schmeckt ihr nicht.

Sie überlegt kurz, dann nimmt sie Salz von der Anrichte und schüttet davon kräftig in den Topf. Sie nimmt ein Gewürzglas, sieht sich das Etikett an, holt ein Lorbeerblatt heraus und schmeißt es gutgelaunt in den Topf.

■ ■ ■

Ganz langsam wird Pauls Wohnungstür aufgeschoben. Rike betritt den Flur. Den ganzen Tag hat sie sich über Paul geärgert. Wie kann er nur mit solch einer beruflichen Chance dermaßen fahrlässig umgehen? Dann will sie wenigstens alleine weiterarbeiten dürfen. Sie blickt in das dunkle Arbeitszimmer.

Auch in der Dunkelheit erkennt sie, daß der ganze Raum vorbildlich aufgeräumt worden ist. So schlecht kann es Paul also gar nicht gehen. Da hört sie Geschirrgeklapper aus der Küche. Sie dreht sich um. »Paul?«

»Hallo Rike! Bin in der Küche!« ruft Cordula fast jodelnd herüber.

Rike erreicht die Küche, wo Cordula mit einer großen Pfeffermühle am Herd steht und die Suppe kräftig nachwürzt.

»Hallo Cordula. Ist Paul nicht da?« grüßt Rike, über Cordulas Anwesenheit etwas verwundert.

»Nein, alles ausgeflogen«, erwidert Cordula. Sie ist fest entschlossen, die Suppe schmackhaft zu würzen.

Rike lehnt sich verärgert in den Türrahmen. Jetzt versteht sie gar nichts mehr: Heute morgen ist ihr Kollege noch sterbenskrank und jetzt ist er schon wieder irgendwo unterwegs. Cordula bemerkt Rikes schlechte Laune und stellt die Pfeffermühle ab.

»Nanu? Hast du Kummer?«

Rike bemüht sich, ihren Ärger zu verbergen und schüttelt den Kopf. »Nein, nein.«

Aber so richtig gelingt es ihr nicht, was in Cordula mütterliche Instinkte weckt. »Willst du vielleicht einen Teller Suppe?«

Rike überlegt, vor lauter Ärger hat sie heute noch gar nichts gegessen. »Was ist 'n das für 'ne Suppe?«

»Fleischbrühe!« Cordula lächelt sie freundlich an.

Ihre Fürsorge ist ja nett gemeint, denkt Rike, und für die Fahrigkeit ihres Sohnes kann sie ja auch nur wenig. Also geht sie zum Herd, und die zwei Frauen küssen sich auf die Wangen.

Rike schaut kurz in den Topf. Sie kann sich nicht so

recht entscheiden – Hunger hätte sie schon. Dann lehnt sie sich gegen die Anrichte. »Danke. Man weiß ja nie, was da heutzutage so alles drin ist.«

■ ■ ■

Paul und Max betreten den Imbiß ›International‹ am Rosenthaler Platz. Paul fühlt sich in der Öffentlichkeit merklich unsicher, er sieht sich übertrieben oft um.

Der wenig bevölkerte Dönerladen ist in ungewöhnlichem Minzgrün gestrichen. Das Licht ist eine sonderbare Mischung aus warmen kleinen Lämpchen und den obligaten Leuchtstoffröhren an der Decke. Ein etwa 30jähriger türkischstämmiger Verkäufer fragt routiniert nach ihren Wünschen.

Paul, der sich nicht vorstellen kann, jemals wieder etwas essen zu können, will nur einen Kaffee. Max entscheidet sich für einen klassischen Döner. Von einem zweiten Verkäufer wird Paul die Tasse Kaffee gereicht, er geht damit in den hinteren Teil des Raumes und stellt sich an einen der Stehtische. Max beobachtet, wie das Fleisch für seine Mahlzeit in feinen Scheiben von dem Drehspieß geschabt wird.

»Mit Soße?« fragt der Verkäufer.

Max nickt. »Ja, und viel Zwiebeln bitte. Und Schafskäse!« Max schaut sich in der Vitrine nach dem weiteren Speisenangebot um: »Was ist 'n das da?« Er zeigt auf eine cremefarbene Paste.

»Hommus.«

»Ach ne... dann lieber 'n Hirtensalat.«

Zwei Bereitschaftspolizisten in voller Montur betreten den Imbiß und stellen sich direkt hinter Max an die Theke. Paul dreht sich schnell weg und schaut aus dem Fenster. Etwas sonderbar geparkt steht ein Polizeibus auf dem Gehweg, gefüllt mit lauter Bereitschaftspolizisten. Paul lehnt sich auf den Stehtisch und verdeckt mit den Händen sein Gesicht.

Auch Max ist nervös. Er atmet tief durch und versucht, sich weiterhin ganz unauffällig zu benehmen. Der kleinere, bulligere der beiden Polizisten lehnt sich kraft seines Amtes dreist auf die Theke und begrüßt den Verkäufer. »'n Abend.«

Darauf holt er seinen Notizblock aus einer der Außentaschen seiner Uniform und klappt ihn auf. Paul wird hinten zunehmend unruhig. Max dreht sich kurz zu ihm um und deutet ihm vorsichtig an, jetzt ja keinen Fehler zu machen. Dann dreht er sich wieder zur Theke und lächelt den Polizisten neben sich freundlich an. Der wundert sich etwas, aber ehe er etwas sagen kann, spricht ihn der Verkäufer an. »Bitt' schön?«

Der Polizist lächelt feist und fängt an, aus seinem Notizblock vorzulesen: »Chef, wir hätt'n gern sieben Döner, zwei mit Kräuter-, vier mit Kräuter-Knoblauch- und einen ohne Soße. Alle ohne Zwiebel. Drei Broiler, 'ne große...« Er kann etwas auf seinem Block nicht lesen, zeigt den Zettel seinem Kollegen. »Zwei mittlere Pommes«, erwidert der lächelnd.

Der erste Polizist liest weiter vor: »...einen kleinen Salat, fünf Cola und 'ne Faßbrause.«

»Und 'n Bier«, fügt der zweite Polizist hinzu. Der bullige Polizist sieht ihn aus dem Augenwinkel scharf an. »'n alkoholfreies«, schiebt der große, schlacksige Polizist hinterher.

»Hier essen?« fragt der Dönerverkäufer mit einem Lächeln.

Beide Polizisten schütteln den Kopf: »Mitnehmen.«

Endlich bekommt Max seinen Döner und den Hirtensalat gereicht. »So, gut'n Ap'tit.«
»Dankeschön.«
Max ist froh, sich endlich zu Paul an den Stehtisch zurückziehen zu können.

■■■

Cordula löffelt gerade die letzten Reste Suppe aus ihrem Teller. Es scheint ihr vorzüglich gemundet zu haben. Rike sitzt neben ihr und spielt mit dem Kärtchen  von Cordula. Cordula geht ihr jetzt immer mehr auf die Nerven. Der Präsentekorb steht etwas weggeschoben neben den beiden auf dem Tisch.
Cordula predigt wieder mal. »Rike, ich kann euch unmöglich länger unterstützen. Wenn ihr das jetzt nicht schafft, dann...«
Rike unterbricht sie. »Wir schaffen das schon.«
Cordula legt den Löffel in ihren Teller, sie hat brav aufgegessen. Mahnend schaut sie Rike an: »Und warum ist Paul dann nicht hier?«
»Der kommt schon noch.« Rike verschränkt die Arme vor der Brust.
»Rike, ihr...« Cordula will schon wieder ansetzen, aber da unterbricht sie sich, tätschelt Rike die Hand und schaut auf die Uhr. »Huch, ich muß weg! Tja, war nett, mal wieder mit dir zu plaudern.«

Sie steht auf, nimmt ihre Tasche vom Stuhl neben sich und zieht ihren Mantel über. Den Präsentekorb schiebt sie zurück auf die Mitte des Tisches und plaziert die Entschuldigungskarte direkt davor. Wieder rutscht sie weg. Küßchen, Küßchen, und schon ist Cordula weg. Rike nimmt Cordulas Teller und steht auf, um ihn in der Spüle abzustellen. Da erscheint Cordula wieder hinter ihr in der Tür. »Ach, Rike? Hast du zufällig eine Haftpflichtversicherung?«
»Nein. Warum?«
Cordula winkt schnell ab: »Ach, nur so...« Und schon ist sie weg.

■■■

Paul sieht Max ungeduldig beim Essen zu. Im Hintergrund hat der Dönerverkäufer den Polizisten vier Tüten vollgepackt und erklärt ihnen nun, welches Alupaket in welcher Tüte was enthält.
Ingo, Max' Kollege aus dem Krankenhaus, betritt den Imbiß. Paul und Max bemerken ihn sofort und drehen sich weg, um nicht erkannt zu werden. Jetzt bloß kein Hallo-wie-geht's-Gespräch!
Ingo sieht völlig übernächtigt aus, seine Pupillen sind tellergroß, und sein Lächeln ist nicht von dieser Welt. Allem Anschein nach hat er großen Durst, denn er geht zielstrebig zum Getränkekühlschrank, holt sich eine große Wasserflasche heraus und nimmt sofort einen riesigen Schluck.
Er dreht sich um und erkennt Paul und Max auf Anhieb, obwohl die sich abgewandt haben. Hocherfreut, sie zu treffen, geht er auf die beiden zu. Max hat gerade aufgegessen und putzt Mund, Hände und Tischplatte.
»Hey! Das ist ja lustig, euch hier zu treffen«, fängt

Ingo das Gespräch an. Er beugt sich zu ihnen und flüstert: »Geht's euch auch so super?«
Im Chor brummen die beiden: »Hmm...«
Ingo strahlt: »Geile Teile, die Spaceballs, was? Ich hab' die ganze Nacht durchgetanzt. Habt ihr auch so 'ne heiße Nacht gehabt?«

Paul und Max sehen sich kurz an. Unvermittelt schüttet Paul Ingo seinen Becher kalten Kaffee ins Gesicht. Der sieht ihn völlig verdutzt an. Max zerrt sofort
ein paar Servietten aus dem Alubehälter auf dem Tisch und beginnt, Ingo damit trockenzutupfen. Geschockt und verdutzt beschwert sich der mit weit aufgerissenen Augen bei Paul.
»Hey, das find' ich jetzt aber gar nicht komisch.«
»Ich auch nicht!« entgegnet Paul und dreht sich genervt ab. Soviel ist ihm inzwischen klargeworden: Hätte er die Spaceballs nicht gegessen, könnte er sich mit Sicherheit an den Verlauf des vergangenen Abends erinnern. Eine Warnung wäre das mindeste gewesen!
Die beiden Polizisten haben sich bei dem Kaffee-Zwischenfall zu den dreien umgedreht und gehen jetzt auf sie zu. Max bemerkt das als erster und versucht sofort, die Situation ihnen gegenüber zu beschwichtigen.
»Nichts passiert, kein Problem!« winkt er ab, wobei er Ingo weiter trockenlegt.

Paul ist noch immer in Rage, trotzdem dreht er sich zu den Polizisten um und sagt in einem viel zu ernsten Tonfall. »War nur Spaß – nur Spaß!«
Da lächelt Ingo wieder, wenn er auch nicht weiß, wieso.

■■■

Rike hat Cordulas Teller auf die Spüle gestellt. Sie reibt sich die Hände und merkt dabei, daß sie klebrige Finger hat. Sie geht zum Badezimmer, um sie sich zu waschen.
Von außen macht sie das Licht an, die rote Lampe über ihr leuchtet auf. Sie drückt die Klinke runter, aber die Tür ist zugesperrt. Sie klopft.
»Ist da jemand? Paul? Bist du da drin?«
Keine Antwort. Sie legt ihr Ohr an die Tür und klopft noch mal. »Das gibt's doch nicht! Da ist doch jemand drin.«
Sie fängt an, sich etwas Sorgen zu machen. Ist Paul etwa auf der Toilette zusammengebrochen und hat das Bewußtsein verloren?

■■■

Paul und Max überqueren wortlos den Hinterhof. Offenbar ist Max ziemlich sauer. Er läuft so schnell, daß Paul kaum hinterherkommt. Der versucht, Max am Oberarm zu halten, um ihm etwas Entschuldigendes zu sagen. Doch Max schüttelt ihn ab und läuft mit unvermindertem Tempo weiter.

■■■

Rike steht immer noch vor der Badezimmertür. Sie holt ein Markstück aus der Hosentasche und steckt es in die Mittelritze des Schlosses. Die Münze ist zu breit, also steckt sie sie wieder in die Tasche und kramt statt dessen einen Groschen hervor.

Der paßt. Sie dreht das Schloß auf.
Rike öffnet die Badezimmertür und schaut hinein. Was sie im Bad sieht, entsetzt sie dermaßen, daß sie völlig regungslos  im Türrahmen verharrt. Dabei gehen ihre Augen und ihr Mund immer weiter auf. Sie hat ja schon einiges im Leben gesehen, aber dieser Anblick übertrifft bei weitem alles bisher Dagewesene.

Plötzlich hört sie Schritte an der Wohnungstüre, schon wird aufgeschlossen. Panisch schaut Rike sich um, sieht aber keinen andere Möglichkeit, sich zu verstekken, als im Bade-  zimmer. Sie schließt die Augen, geht rein und sperrt von innen ab.

■ ■ ■

Im gleichen Augenblick geht das Flurlicht an, Max kommt in unvermindertem Tempo den langen Gang entlang. Paul hechelt ihm hinterher.

»Alles o.k.?« versucht Paul weiterhin gutes Wetter zu machen.

Max bleibt wütend stehen, dreht sich zu ihm um und sieht ihm scharf in die Augen. »Hör mal zu: Entweder du lernst, dich zu beherrschen, oder das war eben unsere Henkersmahlzeit. Und die hab' ich mir etwas anders vorgestellt, ja?«

»Ja...«, nickt Paul verlegen.

Aber das reicht Max nicht: »Verdammt noch mal, hier geht's um Kopf und Kragen!«

»Ja, Max, ich hab's verstanden. Ich hab' Abitur!«

Da dreht sich Max abrupt um und will wieder zurück zum Ausgang. »Du, ich kann auch wieder gehen!«

Aber Paul hindert ihn daran. »Halt, Max!« Er bleibt stehen.

Paul atmet durch, dann legt er seinem Freund beruhigend die Hände auf die Schultern und entschuldigt sich bei ihm: »Tut mir leid. Ich hab' mich jetzt im Griff.«

Max scheint fürs erste beruhigt zu sein. Er schüttelt nur mahnend den Kopf.

Die beiden gehen in die Küche. Erschrocken bleiben sie im Türrahmen stehen. Auf dem Tisch steht der Präsentekorb von Cordula mit dem Entschuldigungskärtchen. Max blickt sofort zur Badezimmertür.

Der Flur ist durch das Licht darüber grellrot erleuchtet. Er war sich absolut sicher, das Licht ausgeschaltet zu haben. Leise geht er zur Tür und horcht daran. Nichts zu hören. Er drückt vorsichtig die

Klinke herunter. Die Tür ist immer noch fest verschlossen.

Max atmet tief durch. Er hatte schon Angst, die ganze Sache sei aufgeflogen. Er zieht die Schultern hoch und löscht das Licht.

Rike steht nun in völliger Dunkelheit im Bad. Sie hält ihren Atem an. Nur das Weiße in ihren Augen ist noch zu sehen. Wild bewegen sich die Pupillen hin und her. Jetzt hört sie, wie sich die Schritte auf der anderen Seite der Tür wieder entfernen. Ganz vorsichtig holt sie wieder Luft.

Paul steht vor dem Geschenkkorb und liest Cordulas Karte. Max kommt wieder in die Küche, und beginnt sich seine Sachen auszuziehen und legt sie über einen Küchenstuhl. Paul hält ihm die Karte hin. Max überfliegt sie. Fast heiter meint er zu Paul. »Na, wenn's nicht mal deine Mutter schafft, uns auffliegen zu lassen, wer dann?«
Paul kann das nicht überzeugen, sitzt doch der Schock zu tief in den Gliedern, daß seine Mutter schon wieder unangemeldet in seine Wohnung gekommen ist.
Max klopft ihm aufmunternd auf die Schulter. Er versucht, Paul zu beruhigen.
»Keine Panik, wird schon schiefgehen!« Dann verläßt er schnell die Küche.
Ohne es richtig wahrzunehmen, entnimmt Paul dem Präsentekorb eine Pflaume. Kurz bevor er hineinbeißt, wundert er sich über die Frucht in seiner Hand und schmeißt die Pflaume angewidert zurück in den Korb.
Max kommt in die Küche zurück und reicht Paul das

Telefon, das er soeben geholt hatte. »Du mußt Rike noch anrufen.«

Paul nimmt das Telefon und nickt. Es hat ihn immer schon beeindruckt, daß Max zur richtigen Zeit an das Wichtige denkt. Er lächelt ihn an. Max greift sich noch einmal seine Hose und holt sich einen Groschen aus der Tasche, um damit die Badezimmertür zu öffnen. Dann verläßt er die Küche.

Paul wählt Rikes Nummer und wartet. Man hört, wie Max draußen die Tür öffnet und ins Bad geht. Sekunden später hört Paul den Schrei einer Frau, dann einen von Max. Er springt auf und geht vorsichtigen Schrittes in Richtung Badezimmer.

Da kommt ihm schon der geschockte Max entgegen. Aus seinem Oberarm ragt ein Skalpell. Mit der freien Hand drückt er sich die frische Wunde zu. Paul weicht vor Max zurück, der sich langsam in die hinterste Ecke der Küche verkriecht.

Paul weicht in die andere Ecke zurück, denn er sieht, wie Rike auf ihn zukommt. Alle drei bleiben erstarrt stehen und sehen sich gegenseitig ungläubig an. Es ist so still, daß man plötzlich aus dem Telefon Rikes Ansage auf dem Anrufbeantworter hört: »443-37-43, Rike Jost. Wenn Sie eine Nachricht für mich haben, sprechen Sie bitte nach dem Piepton. Danke!«

Der Anrufbeantworter piept. Paul sieht Rike mit weit aufgerissenen Augen an.

»Hallo Rike.«

»Hallo Paul.«

Es scheint, als sehe sie fast durch Paul hindurch. Sie kann nicht glauben, was sie da eben gesehen hat. Und vor allem, daß die beiden damit allem Anschein nach etwas zu tun haben. Dann sieht sie Max an.

Vorsichtig läßt der seine Wunde los. Das Skalpell steckt tief im Fleisch, ein kleiner Tropfen Blut rinnt den Oberarm herunter. Max sieht verzweifelt auf die Wunde,  dann fragt er Paul mit leiser, ängstlicher Stimme:

»Wo ist 'n hier 'n Verbandskasten?«

»Im Bad«, antwortet Paul.

Bei diesem Wort muß Rike schwer schlucken.

VI

Max und Paul sitzen wie zwei Schuljungen auf dem Sofa im Wohnzimmer. Max' Arm ist inzwischen verbunden. Ein kleiner roter Blutfleck hebt sich deutlich vom Weiß der Mullbinde ab. Beiden halten die Köpfe gesenkt. Rike geht wütend vor dem Sofa auf und ab.

»Ihr seid ja nicht normal!« fährt sie die beiden an, die vor Scham fast im Sofa versinken. Rike ist außer sich. »Ich glaub' es nicht! Ich glaub's einfach nicht! Ihr seht aus wie zwei ganz liebe Jungs, aber in Wahrheit seid ihr Bestien! Völlig degenerierte Bestien!«

Max versucht, etwas zu ihrer Entlastung zu sagen: »Was hätten wir denn tun sollen?«

»Die Polizei rufen! Was denn sonst?!« gibt Rike resolut zurück.

Paul hebt die Hand: »Aber...«

Doch Rike läßt ihn gar nicht erst zu Wort kommen: »Paul, halt's Maul!« Darauf eilt sie wütend aus dem Zimmer.

Paul dreht sich zu Max. »Du solltest jetzt gehen.« Mit einer Geste bekräftigt er seinen Wunsch.

Doch Max schüttelt den Kopf. »Paul, ich muß das da

fertigmachen! Wenn man sie so findet, hast du erst recht keine Chance.«

Rike kommt wieder zurück ins Wohnzimmer, setzt sich auf den freien Sessel neben Paul und hält ihm das Telefon hin. »Ruf du an. Es ist besser, du stellst dich freiwillig.«

Paul richtet sich wieder etwas auf und sieht Rike ungläubig an. »Besser für wen? Für mich? Für Max? Oder für wen? Nein, Rike, tut mir leid, aber da mußt du schon selbst anrufen.«

Rike zögert. Paul schaut sie mit seinen großen treuen Augen an. Rike konnte diesen Blick noch nie ertragen, schon gar nicht in so einer Situation. »Hör auf, so zu schauen!«

Sie weicht seinem Blick aus. Aber auch ihr fällt es schwer, die Polizei zu verständigen. Max rückt auf dem Sofa etwas nach vorne und drückt die Hände fest zusammen. Er sucht nach den richtigen Worten.

»Rike...«, fängt er an. Sie schaut zu ihm hoch. Verlegen fährt Max fort. »Ich muß das fertigmachen. Das sieht sonst voll nach Ritualmord aus!« Wieder dreht sich Rike angewidert weg.

■ ■ ■

Ein Taxi bleibt vor Pauls Wohnhaus stehen. Heribert sitzt im Smoking auf der Rückbank des Taxis und bezahlt. »Stimmt so.«

»Quittung?« fragt der Fahrer routiniert zurück. Heribert nickt. Eigentlich ist er schon viel zu spät dran für den geplanten Opernbesuch mit seiner Frau Jutta. Aber der Gedanke, Gabi könnte vielleicht doch noch am Leben sein, läßt ihm verständlicherweise keine Ruhe. Die Quittung wird ihm ausgehändigt und Heribert steigt aus.

■■■

Rüdiger geht in seinem Wohnzimmer auf und ab und denkt intensiv nach. Immer wieder schaut er auf seinen mit unzähligen Teppichen belegten Boden.

Da hat er eine Idee! Er steigt auf einen Stuhl und von dem auf einen kleinen Tisch voller zerlegter alter Radiogeräte, die er mit dem Fuß etwas beiseite schiebt. Er greift über sich und beginnt geübt auf der oberen Ablage seines Regals die vielen dort gelagerten Kisten zu durchstöbern. Dabei legt er ein altes Modellschiff zur Seite, welches auf einer alten Hutschachtel liegt. Er durchwühlt eine zweite alte Kiste, kramt eine verwitterte mechanische Zitronenpresse hervor, dann die Schraube eines Außenbordmotors und schließlich ein kleines Posthorn.

Genau das scheint das Objekt seiner Begierde gewesen zu sein. Eilig springt er vom Tisch, kniet sich hin und legt die Ecken zwei der übereinanderliegenden Teppiche so um, daß der Parkettboden zum Vorschein kommt. Dann stellt er das Posthorn auf die Dielen, und zwar mit dem Trichter nach

unten. Das Mundstück zieht er ab und legt statt dessen sein linkes Ohr an das Rohr.

Durch den Schalltrichter werden die Geräusche aus der unteren Wohnung jetzt lauter. Mit der freien Hand hält er sich das rechte Ohr zu und lauscht angestrengt. Das Geräusch des laufenden Mixers ist nun ganz klar als solches zu erkennen.

Seine Augen gehen weit auf.

▪▪▪

Rike und Paul sitzen immer noch vor dem Beistelltisch im Wohnzimmer. Auch hier ist gerade das Aufheulen des Mixers aus dem Badezimmer zu hören. Bei dem Geräusch zuckt Rike zusammen. Sie schüttelt sich und springt auf. Paul steht auch auf und versucht, sie zu beruhigen.

»Ich mach' mal Musik.«

Er macht sich an der Stereoanlage zu schaffen und schaltet den CD-Player ein. Es läuft just die CD, die Gabi am Abend zuvor eingelegt hat und bei deren Klänge sie umgekommen ist. Der französische Kuschelsong über die Liebe und ihre Folgen verdeckt den Lärm des Mixers mehr schlecht als recht.

▪▪▪

Heribert steht im Hinterhof und versucht, mit Hilfe eines kleinen Opernglases in die Wohnung von Paul und Gabi zu linsen. Aber selbst wenn er sich auf die Zehenspitzen stellt, kann er kaum etwas erkennen.

Auch hier im Hinterhof ist ganz leise die Musik aus Pauls Wohnung zu hören. Heribert zuckt zusammen: Genau bei diesem Song hatte er doch am Vorabend den Unfall mit Gabi! Er dreht sich um und geht zur Eingangstür.

■■■

Paul nimmt die Flasche Whiskey, die auf dem kleinen Tischchen vor ihm steht, und gießt einen ordentlichen Schluck ins Glas. Jetzt ist gerade die Toilettenspülung zu hören. Die Geräusche aus dem Badezimmer machen es für Paul nicht unbedingt leichter, Rike zu beruhigen.

Er nimmt das Glas und geht damit zu ihr ins Arbeitszimmer. Rike betrachtet gerade mit traurigen Augen das völlig zerstörte Modell.

Bedächtig stellt sich Paul neben sie und hält ihr den Whiskey hin. »Magst du was trinken?«

Rike schüttelt den Kopf und weicht seinem Blick aus. Paul stellt das Glas ab, ohne Rike aus den Augen zu lassen.

Rike gibt ihm eine schallende Ohrfeige. Paul steckt die Ohrfeige kommentarlos weg.

Irgendwie scheint beiden die Ohrfeige gutgetan zu haben. Auch Rike ist wieder eine Spur ruhiger. Trotzdem schüttelt sie ungläubig den Kopf.

»Du kannst doch nicht dein ganzes Leben lang so tun, als sei nichts geschehen. Das hältst du doch gar nicht aus!«

»Wenn wir zusammenhalten, schon.«

Rike muß über diese blauäugige Bemerkung fast wieder lächeln. »Und wie habt ihr euch das vorgestellt? Man wird sie doch vermissen.«

»Klar wird man sie vermissen«, will Paul sein Handeln rechtfertigen. »Aber weißt du, wie viele Leute heutzutage spurlos verschwinden? Davon können ganze Fernsehsender leben.«

»Und ganze Polizeibrigaden!« Rike kann so viel Einfalt kaum fassen. »Mensch, hier braucht doch nur mal kurz die Spurensicherung aufzukreuzen, und schon wandert ihr in den Knast – besser gesagt, in die Klapse.«

»Wir müssen halt sehr genau arbeiten…«, meint Paul zaghaft.

»Du bist immer so naiv.«

Paul zuckt entschuldigend mit den Schultern.

Es klingelt. Rike bekommt einen Schrecken. Plötzlich wird ihr bewußt, daß ja jetzt auch sie ein Teil des ganzen Schlamassels geworden ist. Die beiden sehen sich an und gehen schnell in den Flur.

Auch Max schaut irritiert aus dem Badezimmer. Auf ein Zeichen von Paul hin verschwindet er wieder im Bad und schließt hinter sich ab.

Paul dreht sich wieder zu Rike um und schaut sie eindringlich an. »Bitte, Rike!« Dann gibt er ihr ein Zeichen, sie solle sich im Schlafzimmer verstecken. Es klingelt Sturm. Rike eilt ins Schlafzimmer.

Paul wartete das ab, dann öffnet er die Wohnungstür.

■ ■ ■

Vor ihm steht Rüdiger. Er mustert Paul sehr streng, sagt aber zunächst nichts. Schließlich ist es Paul, der die Stille durchbricht.

»Was kann ich für dich tun?« fragt er ihn so unschuldig wie möglich.

Rüdiger spricht ganz langsam, aber sehr nachdrücklich: »Es hat keinen Sinn, mir was vorzumachen, Paul. Ich weiß, was hier läuft. Gabi!«

Paul sieht ihn mit offenem Mund an.

Rike steht hinter der Tür. Sie lauscht dem Gespräch. Beim Erwähnen des Namens der Toten zuckt sie zusammen.

Rüdiger ist sich seiner Sache offenbar sehr sicher. Seine blauen Augen leuchten stolz. »Warum habt ihr heute morgen die Kommode runtergetragen?«

Es fällt Paul immer schwerer, gelassen zu bleiben. »Weil Sperrmüll war.«

»Irrtum, mein Lieber, heute kommt kein Sperrmüll! In der Kommode war tatsächlich Gabis Leiche. Ihr wolltet sie unauffällig verschwinden lassen, aber das hat nicht geklappt, und jetzt versucht ihr, sie im Bad zu beseitigen! Stimmt's oder hab' ich recht?« Rüdiger kann seinen Stolz über so viel Kombinationsgabe bei allem Ernst der Situation nur schwer verbergen.

Pauls Stimme droht zu kippen. Er hat nicht die geringste Ahnung, wie er da jetzt wieder herauskommen soll.

»Bist du noch zu retten?« versucht er es zunächst, um etwas Zeit zu gewinnen.

Rüdiger hat sich ein sehr genaue Bild davon gemacht, was sich in der Wohnung unter der seinen abspielt. Ganz ruhig und gelassen fragt er weiter: »Und warum geht dann hier alle zwei Minuten die Klospülung, hm?«

Paul ringt nach einer guten Antwort. »Weil... weil wir Durchfall haben! Wir haben gestern Muscheln gegessen, die waren wohl nicht mehr ganz frisch.« Etwas Besseres ist ihm auf die Schnelle nicht eingefallen.

Rüdiger nickt lächelnd. »Aha. Interessant. Und warum läuft der Mixer dauernd?«

Wieder ringt Paul verzweifelt um eine unverfängliche Antwort. »Wir... wir trinken Bananenmilch; das soll gegen Durchfall helfen. Banane bindet.« Schon als Kind war Paul für seine brillanten Ausreden bekannt.

Aber an Rüdiger scheint er sich damit heute die Zähne auszubeißen. »Paul, verarschen kann ich mich selber. Entweder ich kann jetzt sofort mit Gabi reden, oder ich ruf' die Polizei!«

Paul versucht verzweifelt, freundlich zu lächeln. Es mißlingt ihm total, ihm fällt nichts mehr ein, was er zur Entkräftung der Vorwürfe sagen könnte. Unerträgliche Stille. Rüdiger steht vor ihm und bleibt unerbittlich. »Ich warte.«

Paul rinnt der Schweiß über die Stirn. Rüdiger merkt Pauls extreme Anspannung. Darauf wechselt er unvermittelt den Ton und legt Paul eine Hand auf die Schulter.

»Komm, laß es raus. Du wirst sehen, danach geht's dir besser.«

Paul ist so verzweifelt, daß er resigniert. Aber es ist schwer, Rüdiger zu erklären, was wirklich passiert ist. Wieder sucht er nach den richtigen Worten. Er legt seinen Kopf gegen Rüdigers Brust und fängt ganz leise an zu weinen.

Rüdiger legt ihm beide Hände auf den Rücken, um ihn etwas zu trösten. Schließlich fängt Paul an zu beichten. »Ich... ich hab' sie nicht getötet, Rüdiger. Wirklich nicht, glaub mir... ich...«

Aber eher er weiterreden kann, geht hinter den beiden die Arbeitszimmertür auf, und Rike kommt in den Flur. Sie ist splitternackt, nur ein kleines Handtuch hat sie sich als Turban um den Kopf gewickelt, damit man ihre Haarfarbe nicht erkennen kann. Sie

tut so, als würde
sie jetzt erst be-
merken, daß Rüdi-
ger in der Woh-
nungstür steht,
und dreht ihm
sofort den Rük-
ken zu.

Rüdiger stiert so
auf Rikes nackten
Po, daß ihm gar
nicht in den Sinn
kommt, daß dies
nicht Pauls Freun-
din sein könnte.
»Hallo Gabi...«,
murmelt er leise.
Rike biegt eilig
um die Ecke
und verschwindet

dann im hinteren Teil der Wohnung. Als sie aus
seinem Blickfeld verschwindet, sieht Rüdiger verlegen zu Paul, der Rike ebenso ungläubig nachge-
sehen hat.

Rüdiger ist seine vorherige Beschuldigung jetzt
fürchterlich peinlich. Jetzt ist er es, der nicht weiß,
was er sagen soll: »Tut mir leid, Paul. War nicht so
gemeint, ich... ich...«

Da erst realisiert Paul, was Rüdiger denkt, und spielt
sofort mit. Rüdiger kriegt sich vor Verlegenheit gar
nicht mehr ein. Die Schamesröte schießt ihm ins
Gesicht. Da klopft ihm Paul auf die Schulter.

»Ist schon gut.«

»Das ist mir ja so peinlich!«

Die ganze Angespanntheit der Situation, die sich so plötzlich zu seinen Ungunsten gedreht hat, läßt Rüdiger durch einen lauten Ausatmer entwichen. Paul will nichts weiter, als Rüdiger so schnell wie möglich wieder aus der Wohnung zu bekommen. »Ist schon o.k. Aber ich muß jetzt dringend aufs Klo.«

Rüdiger zieht sich sofort verständnisvoll zurück: »Ja, klar...« Er dreht sich um und verläßt die Wohnung.

Paul will schon die Tür hinter ihm schließen, als Rüdiger sich noch mal umdreht. »Ach, ich hab' da übrigens ein ganz tolles Mittel gegen Durchfall. Soll ich's euch vorbeibringen?«

Paul schüttelt nur den Kopf: »Danke, du. Aber da muß man durch.«

Rüdiger deutet noch einmal mit einer Handbewegung an, ihn müsse wohl der Hafer gestochen haben, solche Verdächtigungen laut ausgesprochen zu haben. Paul lächelt ihn an, das sei ja alles nicht weiter schlimm, das könne ja jedem einmal passieren. Endlich geht Rüdiger wieder die Treppe hoch zu seiner Wohnung, und Paul schließt die Türe hinter ihm.

■ ■ ■

Paul atmet unendlich erleichtert durch. Ganz langsam geht er in den hinteren Teil der Wohnung. Rike kommt ihm entgegen, sie hat sich den Bademantel von Gabi aus dem Badezimmer geholt und ihn übergezogen. Nun setzt sie sich auf den mittleren von drei alten Kinoklappstühlen, die auf dem Gang stehen. Paul und Max setzen sich rechts und links neben sie.

Paul ist sichtlich beeindruckt von Rikes Aktion und sieht sie dankbar an: »Danke!«

Auch Max nickt anerkennend mit dem Kopf: »Das war super.«

Nur Rike scheint über ihre Aktion nicht wirklich glücklich zu sein: »O Mann, worauf hab' ich mich da bloß eingelassen...«

Alle drei stieren vor sich hin auf die gegenüberliegende Wand. Paul wischt sich ein paar Schweißtropfen vom Mund. Max reibt sich die Augen. Rike preßt die Hände gegen  die Ohren. Wie das berühmte Bild der drei Affen sitzen sie in den alten klapprigen Kinosesseln und wissen nicht weiter.

Max läßt seine rechte Schulter kreisen. Er ist von der Arbeit völlig verspannt und scheint Schmerzen zu haben. Er dreht sich zu Paul rüber.

»Paul, ich kann nicht mehr. Mir tut schon alles weh. Du mußt mir helfen.« Paul sieht ihn entsetzt an.

»Keine Angst, das Schlimmste ist vorbei. Es geht nur noch um die Knochen.«

Paul muß schlucken. Rike verdreht die Augen und versinkt noch tiefer in ihrem Sessel.

■ ■ ■

Heribert steht im gegenüberliegenden Treppenhaus auf gleicher Höhe mit Pauls Wohnung. Von hier aus hat er einen guten Einblick in dessen Schlafzimmer. Er sieht durch das Opernglas. Rike steht mit dem

Rücken zum Fenster vor dem Bett und hebt ihre Kleider auf, die sie bei ihrer Aktion schnell neben das Bett geworfen hat. Sie hat immer noch den Handtuchturban auf dem Kopf und trägt Gabis Bademantel.

Bei Rikes Anblick schüttelt es Heribert. Er war sich so sicher, das Gabi tot war. Kein Puls, kein Atem, nichts! Ihre fast biblische Auferstehung bringt ihn völlig aus dem Konzept.

Daher bemerkt er auch nicht, wie hinter ihm der Hausmeister leise angeschlichen kommt. Mit der flachen Hand schlägt der jetzt Heribert auf den Rücken. »Darf ich mal?« fragt er.

Heribert rutscht das Herz vollends in die Hose. Sofort macht er dem Hausmeister Platz und hält ihm das Opernglas hin. Doch der Hausmeister hat sein eigenes kleines Fernglas um den Hals hängen und späht nun seinerseits in Pauls Schlafzimmer.

Heribert läßt sich erschöpft auf das Fensterbrett sinken, während der Hausmeister Pauls Schlafzimmer genauer inspiziert. »Ja ja, die Jabi... Hübschet Mädel!«

Die Treppenhausbeleuchtung erlischt, Heribert sitzt im Dunkeln und versucht zu verstehen, was er da gerade gesehen hat. So ganz kann er es noch nicht glauben: »Sind Sie sicher, das sie das ist?«

Aber der Hausmeister läßt keinen Zweifel aufkommen. »Na, wer soll 'n det sonst sein? Ich kenn' doch die Jabi!«

Heribert verliert nun komplett die Übersicht und läßt den Kopf sinken. Der Hausmeister bemerkt das, nimmt das Fernglas wieder runter und legt ihm beruhigend die Hand auf die Schulter.

»Ich weiß, wie Ihnen zumute ist. Ich kenn' det. Voyeurismus ist 'ne ernstzunehmende Krankheit! Aber ich kann Ihnen da helfen. Ich hab' da 'n janz dollen Therapeuten anner Hand.«

Heribert hebt den Kopf, er strahlt erleichtert über beide Ohren. Langsam kann er es glauben, daß die gestrige Nacht wohl nur ein schlechter Alptraum gewesen sein muß. Vor Freude über Gabis Wiedererweckung von den Toten legt er dem Hausmeister beide Hände um den Hals, zieht sein Gesicht zu sich heran und gibt ihm einen dicken Kuß mitten auf den Mund.

»Wenn Sie wüßten...!«

Dann rennt er eilig die Treppe runter. Der Hausmeister wischt sich Heriberts Kuß angeekelt ab und sieht ihm verdutzt nach.

VII

Paul, Max und Rike stehen nebeneinander in der Küche. Der Küchentisch vor ihnen bietet ein Bild des Schreckens. Auf der Platte verteilt liegt ein Teil von Gabis Knochen.

Max hat mit einer Schraubzwinge einen Oberschenkelknochen auf ein Küchenbrett geschraubt und zersägt ihn mühsam in kleine Stücke. Diese Stückchen über-gibt er dann Paul, der sie in einen Eiscruncher steckt, um sie damit unter großer Kraftanstrengung zu Granulat weiterzuverarbeiten.

Rike entnimmt dem Cruncher die durchsichtige Auffangschale mit dem Knochengranulat und leert sie in die Getreidemühle vor ihr. Dann schaltet sie die Mühle an, die laut krachend das Granulat zu Knochenmehl zermahlt.

Vorne an der Mühle hängt eine Einkaufstasche aus Stoff, die sich langsam mit Knochenmehl füllt. Als das Granulat durchgelaufen ist und die Mühle leerläuft, schaltet Rike sie wieder aus.

Die Stimmung der drei ist extrem angespannt. Keiner traut sich, den anderen ins Gesicht zu sehen. Um sich irgendwie von dem abzulenken, was er ge-

rade tut, fängt Paul fast lautlos an, die Melodie von
›Drei Chinesen mit dem Kontrabaß‹ zu summen.
Unbewußt stimmt Rike mit ein. Max stutzt, dann
summt auch er leise mit.
Als wären sie Kinder im dunklen, dunklen Wald, sin-
gen sie jetzt den Text und werden langsam lauter.
Ihre grausame Arbeit erledigen sie fast mechanisch
nebenher.

■ ■ ■

»Drei Chinesen mit dem Kontrabaß
saßen auf der Straße und erzählten sich was,
da kam die Polizei: ›Ja was ist denn das?‹
Drei Chinesen mit dem Kontrabaß!

Draa Chanasan mat dam Kantrabaß
saßan aaf dar Straßa and arzahltan sach was,
da kam daa Palazaa: ›Ja was ast dann das?‹
Draa Chanasan mat dam Kantrabaß!

Dree Chenesen met dem Kentrebeß
seßen eef der Streße end erzehlten sech wes,
de kem dee Peleze: ›Je wes es denn des?‹
Dree Chenesen met dem Kentrebeß!«

■ ■ ■

Es klingelt. Sofort hören die drei auf zu singen, und Rike schaltet die Mühle ab. Alle drei scheinen mit einer neuerlichen Attacke von Nachbar Rüdiger zu rechnen. Max legt seine Säge zur Seite und gibt den anderen ein Zeichen: »Ich mach' das schon!«
Er scheint wild entschlossen, die Situation auszunützen, um seiner Seele ein wenig Luft zu machen. Schnell wirft er sich Pauls Bademantel über, der ihm viel zu klein ist, geht zur Wohnungstür und macht auf.

Vor ihm steht eine Frau Mitte Zwanzig mit kurzen, blau gefärbten Haaren: Gianna. Sie trägt ein langes T-Shirt und Hausschuhe mit angenähten kleinen Glöckchen. Sie scheint schon  im Bett gewesen zu sein und sieht etwas angesäuert aus. »Hallo!«

Die junge Frau gefällt Max auf Anhieb. »Oh... hallo!« grüßt er freundlich zurück

Beim Anblick des korpulenten, freundlichen Mannes in einem viel zu engen Bademantel muß Gianna wider Willen lachen. Max bemerkt das und nestelt verlegen an sich herum.

»Hübscher Bademantel«, meint sie. Aber es gibt einen triftigen Grund, daß sie nachts um zwei an fremden Wohnungstüren klingelt: »Ich will ja nicht spießig sein, aber... ich wohn' seit kurzem hier drunter und... es ist schon ziemlich spät... Würde es dir was ausmachen, die Maschinen nicht mehr einzuschalten? Ich muß morgen früh fit sein.«

Max strahlt sie an: »Oh, tut mir leid.« Das sagt er so charmant, daß sie ihm einfach nicht böse sein kann. Gianna scheint an Max' charmanter Art durchaus Gefallen zu finden. Schon viel freundlicher fragt sie ihn: »Was ist das eigentlich die ganze Zeit? Klingt wie 'n Zementmischer.«

Er überlegt kurz, wie er das Grauen in der Küche glaubhaft und unverfänglich verpacken könnte: »Ach, das ist 'ne Getreidemühle. Ich hab' Bock auf hausgemachte Vollkorn-Doughnuts bekommen... na ja, und Backen ohne Mehl geht halt nicht...«

Gianna muß wieder lächeln: »Da machst du dir ja 'ne ordentliche Portion.«

Max zieht den Bauch ein und erwidert ihr Lächeln. »Ich brauch' nicht mehr lang. Zehn Minuten, o.k.?«

»Versprochen?«

»Versprochen! Und ich bring' dir morgen ein paar Doughnuts vorbei – als Wiedergutmachung.«

Das freut Gianna: »Au ja!«

Max lächelt sie abermals breit an, und Gianna lächelt freundlich zurück. Keiner der beiden weiß, was er jetzt sagen soll. Schließlich wird Gianna Max' intensiver Blick zuviel. Sie schaut kurz auf den Boden und verabschiedet sich: »Also... gute Nacht.«

Max nickt ihr nach und hebt die Augenbrauen: »Nacht.«

Gianna geht die Treppe hinunter, das Klingeln der Glöckchen an ihren Hausschuhen begleitet sie. Da bleibt sie noch einmal kurz stehen, dreht sie sich wieder um und lächelt Max an. Max lächelt zurück, dann schließt er beschwingt die Tür.

Verliebt fängt er leise an zu singen: »Drii Chinisin mit dii Kintribiß...«

■ ■ ■

Paul, Max und Rike kommen aus dem Treppenhaus und betreten den Hinterhof. Sie haben sich Jacken, Schals und Mützen übergezogen, ihr Atem ist in der kalten November-  luft gut zu sehen. Alle drei haben je zwei Leinensäckchen in den Händen.
Schweigend und bedächtig gehen sie Richtung Straße.

■ ■ ■

Die drei sitzen im Auto. Max fährt, Paul sitzt neben ihm, er hat eines der Leinensäckchen auf dem Schoß. Rike sitzt hinten in der Mitte. Auf der Sitzbank neben ihr liegen die restlichen fünf zugeknoteten Säckchen.
Die harte, unerträgliche Arbeit ist endlich vorbei, und schon lassen Rike die Zweifel über den Sinn der ganzen Aktion keine Ruhe mehr, in die sie wider besseres Wissen hineingestolpert ist. »Habt ihr euch überhaupt schon Gedanken gemacht, was ihr den Bullen erzählen wollt?«
Paul gibt vor, Max und er hätten bereits einen gut durchdachten Plan besprochen, alles weitere sei nur noch eine Formalität.

»Gabi hat morgen ein Interview im Funkturm. Sie geht dorthin, kommt aber niemals an. Morgen abend ruf' ich überall panisch an, ob jemand sie gesehen hat, und am Montag mach' ich 'ne Vermißtenanzeige.«

Leider klingt seine Stimme nicht so überzeugend, wie er das gerne hätte. Und schon fängt Rike an nachzufragen.

»Dann wärst du der letzte, der sie gesehen hat?«

»Ja...«, erwidert Paul.

Über so viel Naivität kann Rike nicht mal mehr lächeln. Sie wird zornig: »Und weil du so große Augen hast, glauben dir dann alle!«

Da geht Max dazwischen und beendet den aufkeimenden Streit. »Ganz ruhig! Wir finden schon noch 'ne Lösung.«

Max' Auto biegt in die Oranienburger Straße, die wie jeden Samstagabend sehr belebt ist. Das Auto verschwindet im Verkehr.

■ ■ ■

Max hat seinen Wagen schräg in eine Parkbucht gestellt, und die drei steigen aus. Sie gehen ein paar Schritte und stellen sich in die Schlange vor dem Eingang eines Clubs, vor dem lauter gestylte Nachtschwärmer stehen und auf Einlaß warten. Pauls Jacke ist auffällig ausgebeult.

Die Tür geht immer wieder kurz auf, das dumpfe Gehämmer der Technorhythmen aus dem Inneren wird kurz laut, um wieder leiser zu werden, wenn sich die Tür hinter den eintretenden Gästen schließt. Eine auffallend hübsche junge Frau hat gerade den Club verlassen und geht an den dreien vorbei. Max sieht ihr gerne nach. Auch Paul ist sie aufgefallen.

Da geht die Clubtür erneut auf, wieder wummert es kurz, und haargenau das gleiche Mädchen verläßt den Club ein zweites Mal! Max und Paul sehen sich verdutzt an. Können sie ihren Augen noch trauen? Sie sehen auch der zweiten Schönheit nach. Als diese sich zur ersten jungen Frau gesellt, klärt sich das Rätsel auf: ein Zwillingspaar!

Paul und Max sehen sich erleichtert an: Sie haben doch keine Halluzinationen!

Max scheinen die Zwillinge auf eine Idee gebracht zu haben. Er dreht sich noch einmal zu ihnen um, dann geht sein Blick zurück zu Rike. Er mustert sie von oben bis unten. Ein kurzes Lächeln huscht über sein Gesicht: »Ich hab's!«

Jetzt dreht sich auch Paul zu Rike, beider Blicke treffen sich kurz, dann sehen sie Max fragend an. Der fängt an, seinen Plan zu erläutern: »Wir färben dir die Haare, und du machst morgen das Interview auf dem Fernsehturm.«

Rike findet diese Idee überhaupt nicht gut und gibt das deutlich zu verstehen: »Ich? Ne!«

Paul hingegen ist sofort von dem Plan überzeugt und redet nun ebenfalls auf sie ein: »Doch, Rike, das isses! Die kennen Gabi doch nicht. Und nach 'ner Weile verschwindest du einfach...«

Rike bleibt hart. »Ohne mich! Ihr habt sie ja nicht mehr alle!«

Paul und Max sehen sich an. Schade um den guten Plan, aber Rikes Absage ist so kategorisch, daß es keinen Sinn macht, weiter nachzuhaken. Zumindest nicht jetzt.

Da geht die Clubtür auf, und die drei verschwinden in der wogenden Menge hinter der Tür.

■■■

Paul, Max und Rike kämpfen sich mühsam durch die ausgelassen tanzende Masse. Alle drei haben noch ihre Jacken und Mützen an.

Sie kommen am DJ-Pult vorbei und erreichen eine dekorative Säule, an der viele sehr sorgfältig gestylte junge Frauen stehen und an ihrer Cocktails saugen. Paul stellt sich genau hinter ein kreisrundes, mit Mosaiksteinen gekacheltes Loch in der Säule. Max und Rike blieben etwas seitlich von ihm stehen und verschränken die Hände vor dem Körper. Die fast feierliche Haltung der drei ist der aller anderen Gäste des Clubs völlig entgegengesetzt.

Paul öffnet vorsichtig seine Jacke, holt das Säckchen hervor, öffnet den Knoten und streut einen kleinen Hügel Mehl auf den Boden. Dann verschränkt auch er die Arme vor dem Körper und bleibt andächtig stehen.

Die drei durchqueren wieder die Tanzfläche Richtung Ausgang. Da bemerkt Paul einen pakistanischen Verkäufer, der den Gästen rote Rosen anbietet. Paul gibt Max und Rike ein Zeichen, kurz auf ihn zu warten, geht auf den Rosenverkäufer zu und fragt ihn etwas. Dieser sieht ihn erfreut an, nimmt strahlend einen großen Geldschein entgegen, den ihm Paul hinhält, und übergibt ihm dafür den kompletten Strauß.

■ ■ ■

Jetzt laufen die drei eine belebte Straße an den Hackeschen Höfen entlang. Max hat den Rosenstrauß im Arm, Pauls Jacke ist wieder ausgebeult.
Sie bleiben vor dem Schaufenster einer schicken Boutique mit typischer 90er Jahre-Ausstattung stehen: gespachtelte, orangefarbene Wände, abgeschliffene, eingeölte Dielen und ein leicht schief hängender Kronleuchter über dem Ganzen. Nur wenige Schaufensterpuppen tragen sehr modische Kleider, um sie herum liegen hübsche Accessoires für die junge Frau von heute. Paul holt erneut das Säckchen aus der Jacke und streut etwas Mehl auf den Fenstersims.
Max reicht Rike eine rote Rose, die sie quer über den kleinen Mehlhaufen legt.

■ ■ ■

Ein Auto fährt über die hell erleuchtete Oberbaumbrücke. Es ist Max' kleines blaues Auto, hinter dem die nächtliche Silhouette von Berlin strahlt, überragt vom stoisch vor sich hin blinkenden Fernsehturm.

■ ■ ■

Von einer tiefschwarzen Fläche heben sich ein paar kleine weiße Punkte ab. Es sieht aus wie der Sternenhimmel einer mondlosen, sternklaren Nacht. Erst als ein weißes Pulver auf die Oberfläche rieselt und sie dadurch anfängt, kleine Wellen zu schlagen, wird klar, daß es Wasser ist. Dem Mehl werden zwei Rosen hinterhergeworfen.

Paul, Max und Rike stehen an der Kaimauer des Landwehrkanals, am Ufer gegenüber sind ein paar Ausflugsdampfer festgemacht, deren viele kleine Lämpchen im Wasser ebenso viele kleine Lichtstraßen ergeben. Die drei halten ihre Hände gekreuzt und sehen den davontreibenden Rosen nach.

■■■

Der unterbrochene Mittelstreifen einer breiten Straße rast diagonal durchs Bild. Die drei sind weiter unterwegs.

■■■

Paul, Max und Rike stehen jetzt vor dem riesigen sowjetischen Ehrendenkmal im Treptower Park, der über zwanzig Meter hohen verwitterten Bronzestatue eines sowjetischen Rotarmisten, der ein Kind in seinen Arm hält. Auch hier öffnet Paul wieder das Leinensäckchen, entnimmt ihm etwas Mehl und streut es auf die Stufen vor der kolossalen Statue. Rike legt eine Rose dazu, die drei bleiben wieder andächtig stehen.

■■■

In schneller Fahrt ziehen die hell erleuchteten Geschäfte der Friedrichstraße vorbei. Sie sitzen wieder im Auto. Rike zündet sich gerade einen Joint an und zieht daran. Dann reicht sie ihn an Paul weiter, der aber ablehnt. Rike gibt ihn überrascht an Max weiter, der ihn dankbar in Empfang nimmt und zieht.

Paul sieht melancholisch vor sich hin. Er öffnet das Beifahrerfenster und greift in das Säckchen auf seinem Schoß. Er nimmt sich eine Handvoll Mehl, hält die Faust aus dem Fenster und öffnet sie wieder.

Das Mehl wirbelt durch die Luft, fliegt durch seine Fingern und verliert sich im Scheinwerferlicht der folgenden Fahrzeuge.

■ ■ ■

Das angestrahlte klassizistische Tor des Sankt-Matthias-Friedhofs in Berlin-Schöneberg. Paul ist gerade auf die Mauer daneben geklettert und springt nun von der Friedhofsmauer hinunter ins Innere des Kirchhofs, wo Rike und Max ihn auffangen. Ein letztes Säckchen und die Rosen liegen neben ihnen auf dem Kies.

Ein Zeigefinger fährt die Namensliste eines Grabwegweisers hinunter und bleibt beim Eintrag ›Gebrüder Grimm‹ stehen. Dann folgt der Finger der Zeile und bleibt bei der Angabe des Planquadrates stehen: Q 8/43.

Die drei sehen sich an und machen sie sich auf die Suche.

■ ■ ■

Rike zieht eine vertrocknete Topfpflanze aus dem Erdreich. Paul beugt sich vor und läßt das restliches Mehl langsam in das Erdloch rieseln, bis das Säckchen vollkommen leer ist. Dann streut er etwas Erde darüber.

Max hat noch genau drei Rosen in der Hand. Er reicht Paul und Rike jeweils ein davon. Sie legen sie auf das Grab und bleiben lange stumm vor dem Grab stehen.

Es fängt an zu dämmern. Max versucht zwar, es zu verbergen, aber die Müdigkeit siegt: Er muß laut gähnen.

■ ■ ■

Paul, Max und Rike liegen nebeneinander in Pauls Bett. Draußen ist es schon so hell. Die Vorhänge dämpfen das Licht nur leicht.

Paul liegt in der Mitte, neben ihm schläft Max tief und fest. Rike liegt auf der anderen Seite. Paul kann nicht schlafen; er hat die Augen offen und starrt die Decke an. Max schnarcht. Kraft seines gewaltigen Resonanzkörpers bringt er es dabei auf eine beachtliche Lautstärke.

Paul macht das zunehmend nervös; er ist sowieso schon so unruhig. Gabi wird wohl für immer unauffindbar bleiben, aber eine plausible Geschichte zu ihrem plötzlichen Verschwinden ist ihnen noch nicht eingefallen. Die beste Idee kam immer noch von Max: Rike als Gabis Double im Funkturm das Interview machen zu lassen. Und das geht Paul nicht mehr aus dem Kopf.

Rike kann genausowenig schlafen wie Paul, auch sie grübelt vor sich hin. Das merkt Paul; er richtet sich etwas auf, beugt sich leise zu ihr rüber und legt ihr sanft seine Hand auf die Schultern. Vielleicht hat er ja jetzt mehr Glück als vor dem Club. Er flüstert:

»Willst du's dir nicht doch noch mal überlegen? Max hat recht, das wär' 'ne reelle Chance.«

Rike schüttelt Pauls Hand wieder ab. »Hör auf, Paul!« Sie ist absolut nicht willens, sich noch tiefer in das ganze Schlamassel mit hineinziehen zu lassen.

Paul zieht sich zurück und legt sich wieder auf den Rücken. Rikes deutliche Ablehnung macht ihm zu schaffen. Genervt sieht er auf die andere Seite zum laut schnarchenden Max, stößt ihm dann den Ellenbogen in die Rippen. »Max! Ma – ax!!«

Max wacht auf und sieht verstört um sich. Er weiß nicht, wie ihm geschieht. Verschlafen dreht er sich zu Paul, der ihn anfaucht: »Kannst du bitte auf dem Sofa schlafen? Wir würden auch gerne ein Auge zumachen.« Dabei vergreift sich Paul deutlich im Ton.

»Findest du das komisch?« bellt Max zurück.

»Nein, Max, überhaupt nicht. Du mußt endlich in dieses Schlaflabor. Du schnarchst so höllisch; kein Wunder, daß es keine Frau bei dir aushält.«

Das reicht! Max sieht ihn wütend an, steht beleidigt auf, klemmt sich die Bettdecke unter den Arm und verläßt türnallend das Zimmer.

Paul richtet sich auf, aber für eine Entschuldigung ist es zu spät, Max ist weg. Er sieht zu Rike, die ihn sauer ansieht und den Kopf schüttelt. Max' Rausschmiß findet sie keine gute Idee.

Paul weiß, er hat einen Fehler gemacht. Aber der ganze Tag hat ihn so mitgenommen, daß er einfach am Ende ist. Verzweifelt läßt er den Kopf sinken. Er kann nicht mehr.

Rike sieht zu ihm rüber. Ihre Gesichtszüge lösen sich etwas, denn sie bekommt Mitleid. »Komm her.« Sie richtet sich auf und nimmt Paul in den Arm. Der klammert sich an seine beste Freundin und bittet sie ein letztes Mal, ihm als Double zu helfen: »Machst du's, bitte?« Rike wird unsicher. Sie streicht ihm über den Kopf. »Ach, Paul...«

Da geht die Tür auf und Max erscheint, um sich ein Kissen zu holen. Erstaunt sieht er, wie die beiden sich umarmen. »Oh...« Sofort schließt er die Tür. Paul hat ihn gerade noch gesehen, springt auf und eilt ihm hinterher ins Wohnzimmer.

■ ■ ■

Max schüttelt seine Bettdecke auf. Er ist stinksauer. Paul geht langsam auf ihn zu und stellt sich mit gesenktem Haupt neben ihn.

Max beginnt, ihm laut und deutlich seine Meinung zu sagen. »Das ist 'ne Frechheit. Ich find' das gemein. Ich mach' die ganze Drecksarbeit, und jetzt werde ich vor die Tür gesetzt. Ich will auch nicht allein sein! Aber immer wenn Frauen dazukommen, zählt man plötzlich nichts mehr.«

Paul sieht Max tief in die Augen, dann umarmt er seinen besten Freund. »Tut mir leid, Max.«

Zuerst ist Max die Nähe nicht geheuer, aber schließlich beginnt er, Paul auf den Rücken zu klopfen und ihn seinerseits zu umarmen. »Ach Paul...«

■ ■ ■

Die drei liegen in Löffelstellung eng aneinandergekuschelt im Bett und schlafen den Schlaf der Gerechten. Jetzt liegt Max in der Mitte.

VIII

Sonntag mittag. Paul löffelt etwas Müsli in sich hinein, während er vorsichtig einer Sammelmappe das
Schwarzweißfoto einer vierköpfigen, rein weiblichen
Artistentruppe aus den zwanziger Jahren entnimmt.
Paul zeigt es Rike, die mitten in der Küche auf
einem Sessel sitzt; Max schmiert ihr mit einer Zahn-
bürste eine bläuliche Paste in die Haare. Über ihren
Schultern liegt ein Handtuch, um die Kleidung vor
dem Färbemittel zu schützen. Paul sieht die Sam-
melmappe weiter durch und findet einen Notiz-
zettel von Gabi, den er dann vorliest.
»Das Dorelli-Quartett. Gegründet 1924. Erstes rein
weibliches Trapezkünstlerensemble Deutschlands.
Zunächst Auftritte im Zirkus, dann zunehmend in
Varietétheatern. Erfinder der sogenannten ›Himmel-
fahrtsschraube‹.«
Rike beugt sich zu Paul: »Was ist 'n das?«
Paul zuckt mit den Schultern: »Keine Ahnung, frag
sie!«
Max ist von Rikes unruhigem Hin und Her genervt:
»Jetzt bleib doch mal gerade.«
Rike lehnt sich wieder zurück und versucht, den
Kopf ganz ruhig zu halten.

■ ■ ■

Rike und Max stehen mit ein paar Touristen im glä-
sernen Aufzug des Funkturms. Mit hoher Geschwin-
digkeit rasen sie zum Aussichtscafé hinauf.

In den frühen Morgenstunden hat es angefangen zu schneien, die ganze Stadt ist frisch mit Puderzucker bestäubt. Eine unerträgliche elektronische Stimme klärt die Liftinsassen über die wichtigsten Daten des Funkturms auf.

Der Aufzug ist angekommen, und die Türen öffnen sich. Die Touristen verlassen die Kabine, dann folgen Max und Rike. Sie trägt einen dicken Mantel, ihr Haar ist jetzt rotblond. Nervös zeigt sie Max ihre Frisur. »Sind die Haare nicht zu rot?«

Max schüttelt beschwichtigend den Kopf. »Zum Verwechseln ähnlich!« Die beiden atmen tief durch, dann gehen sie langsam durch das gutbesuchte Jugendstil-Restaurant, auf der Suche nach dem Dorelli-Quartett.

Da erblickt Max vier ältere Damen bei Kaffee und Kuchen an einem großen Ecktisch. Er hilft Rike aus dem Mantel. Darunter trägt sie eines von Gabis Kleidern. Sie sieht ihr erstaunlich ähnlich. Max klopft ihr aufmunternd auf die Schulter, und Rike geht auf die Damen zu.

Max fragt ein älteres Ehepaar, ob er sich zu ihnen an den Tisch setzen könne. Die Frau stimmt zu. Er setzt sich so, daß er den Tisch mit Rike und dem Quartett nicht aus den Augen verliert.

■ ■ ■

Rike ist nun bei den Damen angelangt. »Das Dorelli-Quartett?« fragt sie höflich.

Die Damen nicken. Das Dorelli-Quartett sieht sehr herrschaftlich aus; man hat sich dem Anlaß entsprechend schick gemacht. Rike gibt jeder Dame einzeln die Hand und stellt sich dabei vor: »Schulz,

Gabi Schulz. Freut mich sehr, Sie kennenzulernen. Sehr erfreut. Guten Tag.«

Die Damen freuen sich sichtlich auf das Interview. Es ist schon lange her, daß sie im Rampenlicht standen, das öffentliche Interesse an ihnen schien schon gänzlich erloschen.

Rike setzt sich zu ihnen. Sie holt ein Diktiergerät aus der Jackentasche, faßt es allerdings nur mit einem Papiertaschentuch an, um es auf den Tisch zu legen. Sie tut so, als würde sie das Gerät einschalten.

Max hatte die Idee, Rike solle Gabis Diktiergerät zum Interview mitnehmen und es dann später einfach liegenlassen. Da nur Gabis Fingerabdrücke und Stimme darauf  sind, könnte ihnen das viel nützen. Rike versteht Max' Logik nicht immer, aber was soll's, sie macht es. Sie beginnt mit dem Interview: »Sie müssen mir unbedingt erklären, was die ›Himmelfahrtsschraube‹ ist.«

Erika Dorelli, die älteste der vier Damen, ist sichtlich entzückt über die so gut informierte Journalistin: »Oh, gern.«

»Schön. Dann kann es losgehen.« Rike lächelt übertrieben freundlich. Zum Glück sind die älteren Damen selbst zu nervös, um Rikes Unsicherheit zu bemerken.

■■■

Da betritt Heribert das Panoramarestaurant. Er hält einen riesigen Strauß roter Rosen im Arm. Langsam geht er die Tische ab und schaut sich genau um. Schließlich entdeckt er Rike, sieht aber nur ihren Rücken. Erleichtert blickt er sich um und entdeckt neben sich einen freien Platz. Es ist ausgerechnet der neben Max. »Ist hier noch frei?« fragt Heribert. Max nickt. »Mh.«

»Danke.«

Heribert setzt sich neben ihn und legt die Rosen vor sich auf den Tisch. Max deutet zum Strauß und fragt Heribert: »Frisch verliebt oder schlechtes Gewissen?«

»Beides!« erwidert Heribert gutgelaunt und wendet sich in seiner überheblichen Art ab.

∎∎∎

Die Damen zeigen Rike Fotos aus ihrer Glanzzeit. Erika Dorelli erzählt ganz stolz: »Das war 1931 im Wintergarten. Da war eine Stimmung, das können Sie sich gar nicht vorstellen. Jedenfalls hat Dora genau an diesem Abend ihren späteren Mann kennengelernt.«

Dabei deutet sie auf ihre Schwester, die neben ihr sitzt und verschämt lachen muß, als die Rede auf ihren Gatten kommt. Erika Dorelli fährt fort: »Sie wurde schwanger und... na ja, damals hieß das: Trapez ade. Da gab es noch keine ›neuen Väter‹.«

Dora Dorelli scheint das immer noch peinlich zu sein, jedenfalls verbirgt sie ihr Gesicht schüchtern hinter ihrer rechten Hand.

Rike lächelt die ältere Frau an: »Ach, die gibt's doch heute auch nicht.«

∎∎∎

Eine gestreßte Kellnerin kommt an Heriberts Tisch und reicht Max eine mit Doughnuts gefüllte Zellophantüte. »Hier, Ihre Doughnuts.« Dann dreht sie sich mit einem berufsmäßigen Lächeln zu Heribert um: »Was darf's sein?«

»Danke nichts, ich bleibe nur kurz«, wimmelt Heribert sie ab.

Max steht auf, nimmt Rikes Mantel mit und gibt der Kellnerin einen Geldschein: »Ich zahl' gleich. Hier. Stimmt so, danke.« Da sieht er, daß Rike gerade aufsteht und Richtung Ausgang geht.

»Oh, danke!« freut sich die Bedienung über das üppige Trinkgeld. Darauf dreht sie sich wieder zu Heribert und wechselt ihren Tonfall wie auf Knopfdruck: »Das geht leider nicht, wir haben hier Verzehrzwang!«

Heribert ist genervt: »Dann bringen sie mir eine Tasse Kaffee.«

»Wir haben nur Kännchen Kaffee.«

Heribert wird immer gereizter. »Dann eben ein Kännchen Kaffee!«

Er wendet sich arrogant ab. Gerade sieht er noch, wie Rike um die Ecke biegt und verschwindet. Hastig steht er auf, vergißt dabei fast die Blumen und rennt ihr nach. Die Kellnerin kann ihm gerade noch ausweichen.

■■■

Rike und Max, von verschiedenen Richtungen kommend, treffen sich am Ausgang des Restaurants vor dem Aufzug. Max reckt den Daumen nach oben, Rike lächelt erleichtert. Max ruft den Aufzug und hilft ihr währenddessen in den Mantel.

Hinter ihnen sieht man Heribert sich an den Gästen

vorbeidrängeln, wobei er einer zweite Kellnerin fast ein Tablett aus der Hand schlägt.

Max und Rike steigen in den Aufzug, als Heribert gerade um die letzte Ecke gelaufen kommt. Er sieht Rike zwar, aber wieder nur von hinten. Die Aufzugstür schließt sich hinter den beiden, Heribert hat sie nicht erreicht.

Er schaut sich um. Da sieht er ein Schild, das auf die Freitreppe als Fluchtweg hinweist.

Während der gläserne Aufzug zügig nach unten fährt, sieht man Heribert mit dem Blumenstrauß im Schneegestöber die Treppe herunterrennen.

■ ■ ■

Max fährt, Rike sitzt neben ihm. Die Tage sind kurz, es ist schon wieder dunkel geworden. Die Straßen sind grau, matschig und ungemütlich. Vereinzelt fallen noch Schneeflocken auf die Windschutzscheibe. Max ist ausgelassen.

Rike sieht entspannt aus, aber ihr plötzlicher Abgang macht ihr noch zu schaffen: »Die armen Damen, die warten jetzt. Tun mir richtig leid.«

Max kann zum ersten Mal wieder so richtig unbeschwert lächeln: »Aber das gibt 'ne geile Schlagzeile: ›Junge Journalistin im Funkturm verschwunden‹.«

Rike deutet auf die Tüte Doughnuts, die vor ihr auf der Armatur liegt. »Kann ich da einen haben?«
Max grinst sie an und schüttelt den Kopf. »Mh-mh.«

■■■

Max' Auto bleibt vor der Einfahrt von Pauls Wohnhaus stehen. »Kannst schon aussteigen, ich such' schnell 'n Parkplatz«, meint Max zu Rike, aber sie winkt ab.
»Die paar Meter.«
Max fährt weiter.

Kaum hat der Wagen die Ausfahrt verlassen, kommt ein Taxi angefahren und bleibt vor dem Haus stehen. Heribert bezahlt und steigt hastig aus. Er hält es nicht mehr aus, er möchte jetzt endlich mit Gabi reden und versuchen, gut Wetter bei ihr zu machen. Daß das für Gabi möglicherweise kompromittierend enden könnte, ist ihm egal.
Er eilt die Treppen zu Pauls Wohnung hoch, klingelt und hält sich den Strauß Rosen vors Gesicht.

■■■

Paul sitzt an seinem Zeichentisch und flickt mühselig das zerstörte Modell zusammen. Als es klingelt, steht er freudig auf und eilt zur Tür. Er ist sichtlich überrascht, als er Heribert vor sich stehen sieht.
»Guten Tag.«
»Tag...«
Beim Anblick von Paul setzt Heribert sofort sein Sonntagslächeln auf. »Kann ich bitte mit Gabi sprechen?«

»Die ist noch beim Interview.«

Das wundert Heribert.

Paul sieht irritiert auf den Blumenstrauß. »Schöne Blumen!«

Heribert läßt den Strauß sinken und lächelt verlegen. Da werden unten im Treppenhaus die Stimmen von Rike und Max vernehmlich. Paul zuckt zusammen. Wenn Heribert jetzt Rike sieht, war die ganze Aktion umsonst! Paul drängt sich an Heribert vorbei zum Geländer und brüllt nach unten: »Max?«

»Ja?« antwortet der.

Tatsächlich, sie sind es! Paul bekommt Panik, er überlegt kurz. Irgendwie muß er die beiden unauffällig dazu bringen, wieder abzuhauen.

Da scheint ihm etwas einzufallen. »Max? Könntest du bitte an der Tankstelle noch Milch holen?«

Von unten kommt ein knappes »Nö!«

Paul läßt den Kopf sinken, die Katastrophe scheint unabwendbar.

Rike und Max kommen die Treppen hoch. Sie haben Pauls verzweifelten Versuch, sie von der Wohnung fernzuhalten, gänzlich mißverstanden. »Der spinnt doch! Da war noch jede Menge H-Milch im Kühlschrank.«

Rike zieht belustigt die Schultern hoch. »Er versucht halt immer wieder, 'nen Dummen zu finden...«

Jetzt biegen die beiden um die letzte Ecke vor Pauls Treppenabsatz. Sie sehen Heribert, dahinter den verzweifelten Paul. Heribert sieht die beiden und redet sofort auf Rike ein. »Gabi! Bin ich froh, dich zu... sehen!«

Eilig geht er ihr ein paar Stufen entgegen und will ihr den Strauß reichen. Da erst bemerkt er, daß es sich gar nicht um Gabi handelt. Er mustert sie verwundert von oben bis unten. Enttäuscht läßt Rike den Kopf sinken.

Heribert sieht wieder hoch zu Paul, aber auch der ist sprachlos vor Schreck. Er dreht sich wieder zurück zu Max, der sich resignierend an die Treppenhauswand gelehnt hat.

Paul erholt sich als erster von dem allgemeinen Schock. Das Auftauchen von Heribert muß doch einen Grund haben! Irgend etwas stimmt da nicht. »Was wollen Sie denn von Gabi?«

Heribert fängt an zu stottern. »Ich... ich... ich wollte ihr gratulieren, wegen des Artikels, den Sie gestern vorbeigebracht haben... der war... großartig!«

Aber das kann Paul nicht überzeugen. »Und da kommen Sie persönlich vorbei? Am Sonntag?«

Heribert ringt um die richtigen Worten: »Ich, ich... war in der Gegend und...«

Da horcht Max auf: »Sie waren doch eben noch im Funkturm!«

Heribert sieht zu Max, dann zu Paul, dann zu Rike. Er weiß nicht mehr weiter. Schließlich läßt er Kopf und Strauß sinken und lehnt sich ratlos gegen die Wand.

Ein Stock höher geht jetzt eine Tür auf und man hört, wie jemand die Treppe herunterkommt.

»Paul?«

Der erkennt Rüdiger an der Stimme und gibt Max und Rike ein Zeichen, schleunigst in der Wohnung zu verschwinden. Im Vorbeigehen spricht Max Heribert an. »Ich glaub', wir gehen mal lieber rein.«

Er legt ihm den Arm um die Schulter und nötigt ihn mitzukommen. Heribert geht resigniert mit. Eilig verschwinden die drei in der Wohnung.

Paul macht hinter ihnen die Tür zu und fängt Rüdiger gerade noch rechtzeitig ab. Der hat zwei große Einmachgläser im Arm und fängt sofort an, auf Paul einzureden.

»Du, Paul, ich wollt' mich noch mal entschuldigen wegen gestern. Du kannst dir gar nicht vorstellen, wie peinlich mir das Ganze ist. Da hab' ich mir gedacht, Rüdiger, hab' ich gedacht, das mußt du irgendwie wieder gutmachen.«

Paul wird immer ungeduldiger. In seiner Wohnung gibt es Tumult, und das macht ihn nervös. Doch Rüdiger ist mit seinem schlechten Gewissen so beschäftigt, daß er davon nichts merkt.

»Ich hab' mich gefragt, was könnte der Paul denn gut gebrauchen, und da mußte ich wieder an die schöne Kommode denken und... Na, der langen Rede kurzer Sinn: Hier ist Tabaklösung und das ist Brennesselsaft. Das hält der lichtscheuste Holzwurm nicht aus!«

Damit packt er ihm je ein Glas in jeden Arm. Paul nimmt die Gläser ungeschickt an, beinahe fallen sie ihm wieder runter. In einer schnellen Reaktion drückt er die Gläser gegen seinen Bauch und verhindert so eine große Sauerei.

Im Hintergrund ist der Tumult immer deutlicher zu hören. Rüdiger versucht mitzukriegen, was los ist, aber Paul wimmelt ihn schnell ab.

»Danke, Rüdiger. Vielen, vielen Dank!« Mit diesen Worten geht er rein und schließt die Tür hinter sich. Rüdiger bleibt einen Moment verdutzt stehen, dann geht er etwas näher an die Tür, sieht sich um und horcht.

■ ■ ■

Heribert steht vor dem Sofa, er sieht total aufgewühlt aus. Max steht bedrohlich nah neben ihm. Er ist stinksauer. Heribert ist in einen winselnden, Mitleid heischenden Ton verfallen.

»Es war ein Unfall... ein saudummer Unfall! Ich hab' sie... ich meine, wir wollten gerade... wir sind einfach plötzlich beide umgefallen, und wie ich wieder aufstehe, ist sie tot.«

Jetzt wird auch Paul aggressiver: »Und dann läßt du sie einfach so liegen?« Er kommt langsam auf ihn zu, Rike nimmt ihm die großen Gläser ab und stellt sie auf das Sofa.

Heribert versucht weiter, sich zu rechtfertigen: »Ich hab' Panik bekommen!«

Paul und Max gehen wütend auf ihn zu. »Bitte, tut mir nichts.« Heribert zieht weinerlich den Kopf ein. Paul schafft es gerade noch, sich zu beherrschen. Er wendet sich ab und geht zu Rike.

»Es tut mir alles so leid«, jammert Heribert.

Max sieht ihn wütend an und gibt ihm eine schallende Ohrfeige.

»Max!« Rike und Paul finden das nicht in Ordnung und schauen ihn böse an. Max hebt entschuldigend die Hände und entfernt sich von Heribert, um Schlimmeres zu verhindern.

Die Ohrfeige hat Heribert aufgerüttelt. Er wird wieder etwas ruhiger, sein Kopf klärt sich. Sicherheitshalber entfernt er sich trotzdem ein paar Schritte von Max.

»Er hat ja recht.«

Er geht nachdenklich Richtung Arbeitszimmer, dreht sich zu Paul um und fragt ihn: »Habt ihr die Polizei angerufen?«

Paul schüttelt den Kopf.

»Gut so. Es hat doch niemand was davon, wenn ich ins Gefängnis muß. Wir sollten lieber überlegen, ob wir Gabi nicht besser verschwinden lassen und sie später als vermißt melden.«

Das macht Max erst recht wütend. Er steht an der Tür zum Schlafzimmer und muß heftig mit sich kämpfen, um nicht auszurasten.

»Euer Schaden soll's nicht sein«, meint Heribert weiter, und das bringt Max komplett aus der Fassung.

»Jetzt hau' ich ihm eine in die Fresse!«

Er stürmt auf Heribert los. Rike und Paul müssen sich mit ihrem ganzen Körpergewicht gegen Max stemmen, um eine Schlägerei zu verhindern. Rike schaut Max scharf an. Langsam fängt er sich wieder und zieht sich zurück.

Heribert nickt Rike dankend zu. Langsam scheint er wieder Oberwasser zu gewinnen. »Wo ist eigentlich die Leiche?«

»Weg!« meint Rike.

»Wie weg?«

Max wird deutlicher: »Na, weg!«

Heriberts Augen werden immer größer: »Ihr meint,
ihr habt sie...« Mit der rechten Hand imitiert er die
Bewegung einer Säge.

Paul sieht verschämt auf den Boden und nickt vorsichtig.

Heribert sieht die drei genau an, allmählich däm-
mert ihm etwas. Ganz langsam zeigt sich ein Lächeln
auf seinem Gesicht, bis er schließlich anfängt, laut
zu lachen.

Paul hebt empört den Blick. »Was gibt's denn da zu
lachen?«

»Och...«, meint Heribert, zuckt mit den Achseln und
lacht weiter.

■ ■ ■

Rüdiger kniet immer noch vor Pauls Tür und horcht.
Da legt sich eine Hand auf seine Schulter. Er
schreckt zusammen. Cordula steht neben ihm.

»Ach, schau an: Peter Voß, der Meisterdieb! Ist es
schon wieder nicht so, wie ich denke?«

Rüdiger stammelt. »Sie... Sie täuschen sich. Paul
kennt mich, wir sind gute Freunde!«

■ ■ ■

Heribert geht vergnügt im Zimmer auf und ab.
»Ich war gestern abend hier? Könnt ihr das beweisen?«

Jetzt erst versteht Paul Heriberts plötzliche gute
Laune: »Du Schwein! Du elendes Schwein! Du
Drecksau!«

Heribert geht zum Sofa, nimmt die Rosen, die er

mitgebracht hat, und will den Raum verlasen. »Vielen Dank für eure Hilfe. Das war wirklich nett von euch. Das hätt' ich euch Träumern gar nicht zugetraut, so viel Entschlossenheit. Respekt!«

Da betritt Cordula den Raum und schubst Rüdiger vor sich her.

»Hallo zusammen!«

Rike dreht sich schnell weg, um nicht erkannt zu werden. Auch Heribert sieht die Neuankömmlinge überrascht an. Paul versucht sofort, seiner Mutter den Weg zu versperren. »Mama? Was machst du denn schon wieder hier?«

Cordula hält Rüdiger immer noch am Oberarm fest. »Kennst du diesen Menschen?«

»Das ist mein Nachbar!«

»Wußtest du, daß er Einbrecher ist?«

»Mutter, es reicht.«

»Kann man fragen, was hier los ist?«

»Nein, kann man nicht! Mama, ich möchte, daß du jetzt sofort wieder gehst!«

Doch so leicht läßt sich Cordula nicht abwimmeln. »Darf ich vielleicht wenigstens noch Gabi begrüßen?«

Heribert lächelt, er scheint sich seiner Sache sehr sicher zu sein. »Das dürfte nicht so einfach werden...«

Cordula geht auf Rike zu. Diese läßt den Kopf sinken und dreht sich resigniert um. »Hallo Cordula...«

Cordula sieht sie völlig verdutzt an. »Rike?! Wie siehst du denn aus?«

Da erkennt auch Rüdiger Rikes Verkleidung. Langsam begreift er und streckt einen Arm nach ihr aus. »Jetzt schlägt's dreizehn! Ihr habt mir die ganze Zeit was vorgespielt. Und warum? Weil ich recht hatte! Ich hatte recht!«

Cordula versteht jetzt überhaupt nichts mehr: »Wo ist denn Gabi?«

Rüdiger ist in Rage, er fuchtelt wild mit den Armen: »Die haben sie ermordet, dann haben sie ihre Leiche zersägt und sie im Badezimmer verschwinden lassen.«

Cordula sieht ihn entsetzt an. »Sind Sie noch zu retten?«

Paul deutet auf Heribert, der wie ein Unbeteiligter neben ihm steht. »Der war's.«

Heribert lächelt gelassen. »Ich? Ha! Das ist infam! Ich bin heute zum erstenmal hier.«

Rüdiger dreht sich zu Heribert und mustert ihn genauer. »Sie hab' ich doch vorgestern im Treppenhaus gesehen! Hier lügen ja alle!«

Max' Gesicht entspannt sich etwas. Lässig klopft er Heribert auf die Schulter, dessen Lächeln plötzlich erstarrt ist. »Tja, Träumer, so schnell bricht ein Alibi zusammen.« Rike schließt sicherheitshalber die Tür hinter Cordula.

Rüdiger macht ernst: »So, jetzt reicht's! Ich ruf' die Polizei!«

Paul will ihn daran hindern. »Rüdiger, laß uns doch wie vernünftige...«

»Mit Leichenschändern red' ich nicht!«

Rüdiger will das Zimmer verlassen, aber Paul, Rike, Max und Heribert springen dazwischen. Rüdiger streckt einen

Arm aus und wirft sich in Kampfhaltung. »Rührt mich nicht an! Ich kann Karate!«

Paul nimmt seine Hände hoch. »Keine Angst, wir tun dir nichts!« »So wie ihr Gabi nichts getan habt, was?« Cordula setzt sich völlig fassungslos auf das Sofa. »Das gibt's doch nicht, das glaub' ich nicht...«

Jetzt hebt auch Heribert die Arme und geht Schritt für Schritt auf Rüdiger zu. »Glauben Sie mir, es war ein Unfall! Ich hab' etwas mit Gabi geflirtet und... ich wollte sie gerade da rübertragen, da bin ich gestolpert, und Gabi ist mit dem Kopf gegen die Kommode gefallen.«

Rüdiger schüttelt ungläubig den Kopf. »Ich bin beeindruckt. Euch fällt wirklich immer wieder was Neues ein. Aber die Märchenstunde ist jetzt leider vorbei!«

Er will das Zimmer verlassen, woran ihn jetzt aber Heribert hindert.

»Hören Sie doch, alles, was ich Ihnen erzählt habe, ist wahr! Ich schwöre es Ihnen. Sehen Sie, ich stand dort drüben, Gabi ist an mir hochgesprungen und...« Er überlegt kurz. »Warten Sie, ich zeig's Ihnen.«

Er reicht Paul den Strauß Rosen, zieht seinen Mantel aus und gibt ihn ebenfalls dem verdutzten Paul. Dann dreht er sich zu Rike.

»Kommen Sie mal kurz?«

»Ich? Nö!«

Rike verschränkt die Arme vor der Brust. Heribert geht in die Mitte des Raumes und winkt Rüdiger zu sich: »Na, dann kommen Sie halt! Ich tu' Ihnen schon nichts.«

Rüdiger schüttelt den Kopf, tritt aber trotzdem zu Heribert. Der flüstert ihm zu: »Ich hab' ja auch mal Ideale gehabt!«

Heribert springt auf Rüdiger auf, so wie Gabi es bei ihm gemacht hat. »So, und jetzt versuchen Sie mal, mich zu der Kommode da rüberzutragen.«

Rüdiger geht zur Kommode und wieder zurück. Er strahlt zufrieden.

»Quod erat demonstrandum!«

»Kein Wunder«, meint Heribert. »Sie hatten ja auch die Hosen an.«

Rüdiger schüttelt ungläubig den Kopf: »Also, mit euch macht man was mit...«

Rüdiger hebt Heribert etwas höher, um den Knopf seiner Hose öffnen zu können. Sie gleitet an seinen Beinen hinab. Er setzt sich noch einmal Richtung Kommode in Be-

wegung. Nach zwei Schritten bleibt er mit seinen Hausschuhen – genau wie Heribert tags davor – am Läufer hängen.

Es passiert das Unvermeidliche: Er stolpert und fällt vornüber. Wieder ist das unangenehm laute Geräusch von brechenden Wirbeln zu hören.

Paul, Max und Rike verziehen das Gesicht und wenden sich angewidert ab.

Heribert liegt mit abgeknicktem Kopf vor der Kommode, genau wie Gabi am Abend zuvor. Er ist mausetot. Rüdiger krabbelt schnell von der Leiche weg. Er schaut hilfesuchend zu den anderen.

»Ich... ich... ich bin unschuldig!«

■■■

Max, Paul und Rike stehen vor einer Wohnungstür und klingeln. Max steht in der Mitte, er hat einen Teller Doughnuts in der Hand.

Gianna öffnet die Tür. Nicht nur ihre blauen Haare leuchten. Sie ist sichtlich erfreut, Max wiederzusehen.

»Hallo!«

»Tag.«

Die drei versuchen, freundlich zu lächeln. Max reicht ihr den Teller.

»Hier! Die Doughnuts.«

»Oh, danke!« Erfreut nimmt sie den Teller entgegen, und Max lächelt zurück.

Stille.

Paul und Rike geben Max einen Schubser. Max atmet tief durch, dann meint er verlegen: »Da ist leider noch was.«

»Was denn?«

»Wir müssen heut' nacht schon wieder backen...«

STABLISTE

PRODUZENT	Hermann Florin
COPRODUCER	VOX Beate Uhrmeister
DREHBUCH	Kaspar von Erffa
	Klaus Krämer
DRAMATURGIE	Chris Kraus
REGIE	Klaus Krämer
CO-REGIE	Kaspar von Erffa
REGIEASSISTENZ	Suzanne Pradel
HERSTELLUNGSLEITUNG	Jan Kaiser
	Wolfgang Bajorat
PRODUKTIONSLEITUNG	Lutz Wittcke
1. AUFNAHMELEITER	Ralf Biok
2. AUFNAHMELEITER	Axel Hartwig
PRODUKTIONSASSISTENZ	Anja Ostrowski
FILMGESCHÄFTSFÜHRUNG	Christa Spannbauer
KAMERA	Ralph Netzer
KAMERAASSISTENZ	Matthias Ganghofer
	Sophie Linke
MUSIK	Torsten Sense
MISCHUNG	Martin Steyer
SZENENBILD	Peter Weber
AUSSTATTUNG	Isabell Ott
AUSSENREQUISITE	David Hoffmann

INNENREQUISITE	Vera Carstens
	Sabine Enste
KOSTÜM	Annemarie Laber
SCHNITT	Benjamin Hembus
TON	Florian Niederleithinger
SOUNDDESIGN	Mabel Leonetti
OBERBELEUCHTER	Michael Dietze
MASKE	Barbara Radtke-Sieb
	Heiko Schmidt
STORYBOARD	Petra Ortgies
PRODUKTIONSLEITUNG DFFB	Jörg Großmann

Unser besonderer Dank gilt den vielen, vielen Chinesinnen und Chinesen, die uns mit gutem Rat, geduldiger Tat, umsonst und dennoch unermüdlich zur Seite gestanden haben.

Das anspruchsvolle Programm

Max Goldt

»Aus der Welt des Fußballs wissen wir, daß es viel schwieriger ist, einen Ball lässig ins Tor zu schlenzen, als ihn mit aller Gewalt hineinzudonnern. Max Goldt hat sich ganz aufs Schlenzen verlegt. Sehen Sie sich diese Bewegung in der Wiederholung an, meine Damen und Herren: Je genauer Sie sie erkunden, desto rätselhafter wird sie Ihnen erscheinen.« *Manfred Papst*

62/103

Die Radiotrinkerin
62/103

Quitten für die Menschen zwischen Emden und Zittau
62/64

Schließ einfach die Augen und stell dir vor, ich wäre Heinz Kluncker
Ausgewählte Texte 1991-1994
01/10103

Okay Mutter, ich nehme die Mittagsmaschine
Im Heyne Hörbuch
als CD oder MC lieferbar.

DIANA-TASCHENBÜCHER

DIANA

Das anspruchsvolle Programm

Robert Gernhardt

Gernhardts satirische Texte »haben keine Pointe, sondern sie sind die Pointe vom ersten Satz an.«

Süddeutsche Zeitung

62/84

Ich Ich Ich
Roman
62/68

Lug und Trug
Drei exemplarische
Erzählungen
62/84

DIANA-TASCHENBÜCHER

David Lodge

»Witzig, geistreich und
intelligent.«
MARCEL REICH-RANICKI

» ... David Lodge ist einer
der besten Erzähler
seiner Generation.«
ANTHONY BURGESS

»Unbedingt zur Lektüre
zu empfehlen.«
FRANKFURTER RUNDSCHAU

01/8871

HEYNE-TASCHENBÜCHER

HEYNE BÜCHER

Der deutsche Film

Die neue Generation

Der deutsche Film ist erfolgreich wie schon lange nicht mehr. Neben Regisseuren, Produzenten und Verleihern haben vor allem die Schauspieler dazu beigetragen. Eine neue Generation berichtet über ihren Werdegang, ihre Rollen und ihre Gedanken zur eigenen Arbeit. Eine Filmographie von mehr als 200 Filmen bietet zusätzlich einen Überblick über die Filmlandschaft der neunziger Jahre.

Mit über 80 Fotos!

32/265

HEYNE-TASCHENBÜCHER